JN043413
四十八手《しじゅうはって》
Shimesaba and Tetsubuta presents.
しめさば
イラスト
てつぶた

人の気配を感じたような気がして、振り返る。

そして、本当に人の姿があったので思わず大声を上げてしまう。

「ウワァ!!」

アベル
「すみません。癖になっ」

「やめてくれないかなぁ音殺すの!!」

背後にいたのはアンリだった。
しゃがんだ姿勢で俺のことを見下ろしている。
「お背中を流そうと思い参った次第ですが……
すでに終えてしまわれたようですね」
「終わったけど……
そもそもそんなことしなくていいんだって」
「いえ、私はアベル様のメイドですので」
アンリ

スズカ
エーリカ

「ね、ねえこれ……すっごく恥ずかしいんだけど……！」

顔を真っ赤にするスズカ。

しかし、スズカの背後のエーリカは朗らかだった。

「は、恥ずかしいことないよぉ。な、なにごとも練習あるのみ、だからぁ」

❖潮吹きの練習

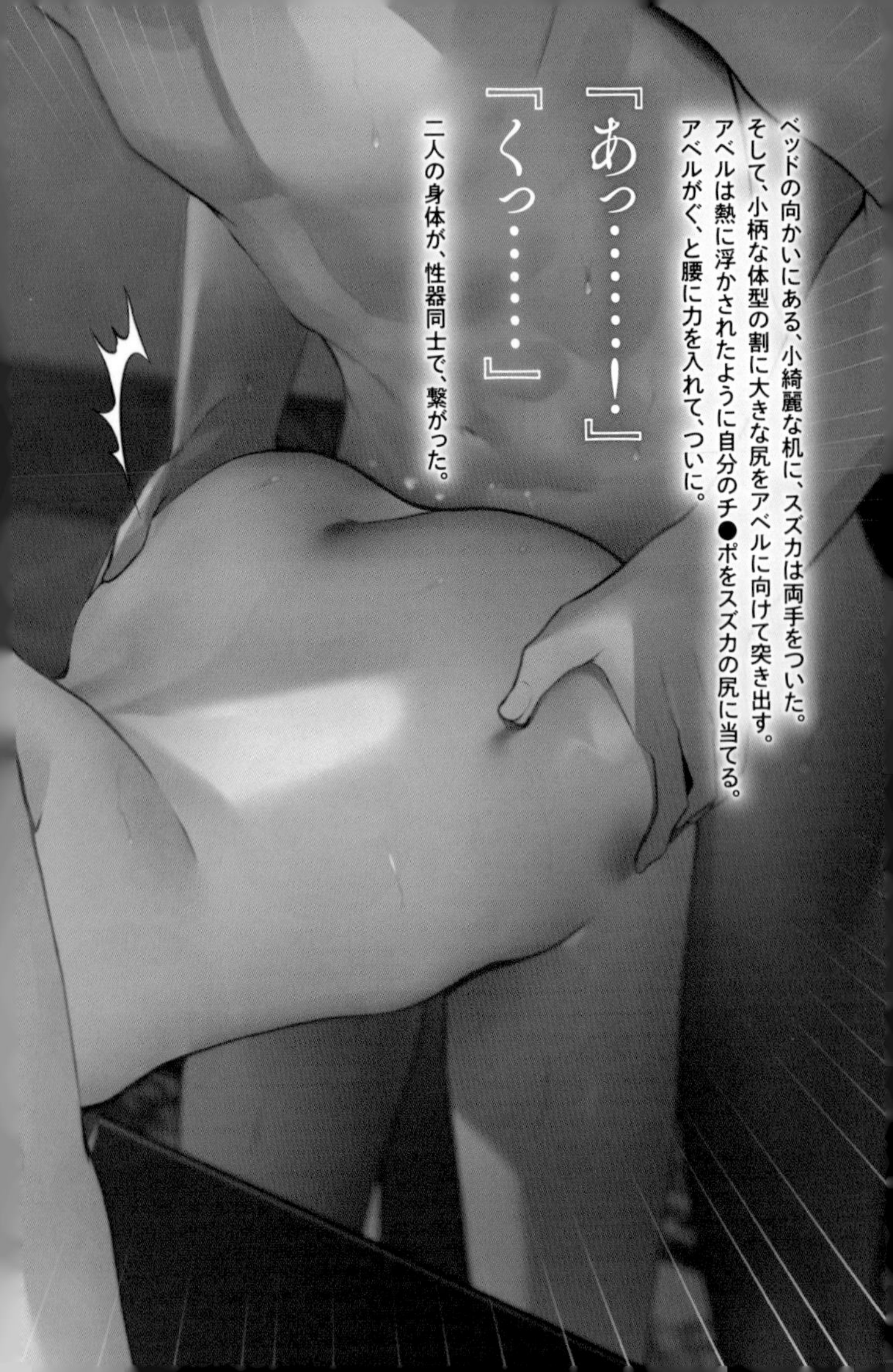
ベッドの向かいにある、小綺麗な机に、スズカは両手をついた。
そして、小柄な体型の割に大きな尻をアベルに向けて突き出す。
アベルは熱に浮かされたように自分のチ●ポをスズカの尻に当てる。
アベルがぐ、と腰に力を入れて、ついに。
『あっ……！』
『くっ……』
二人の身体が、性器同士で、繋がった。

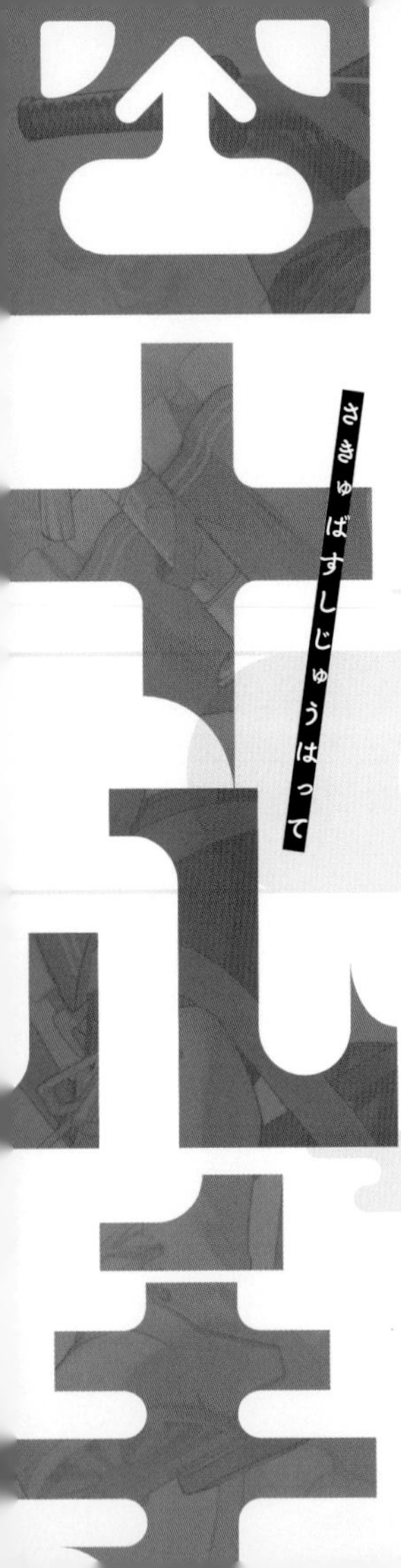

目次

Contents

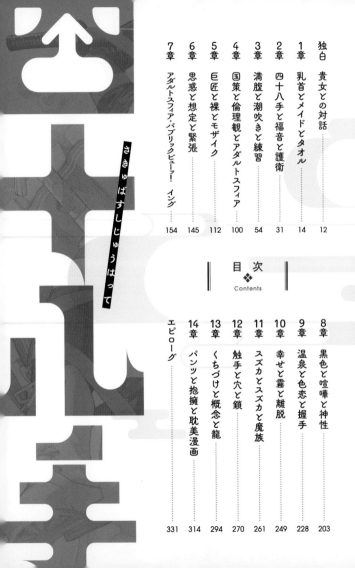

ダッシュエックス文庫

サキュバス四十八手2

しめさば

登場人物紹介 ❖ Characters

アンリ

アベルの
護衛兼メイド。
家事万能で
戦闘能力も抜群。

スズカ

サキュバス族の
お姫様。
サキュバス四十八手の
〝巫女〟。

アベル

元勇者パーティーの
聖魔術師。
サキュバス四十八手の
〝皇子〟。

リュージュ

国王お付きの
秘書官。
アベルの育ての親で
姉のような存在。

トゥルカ

勇者パーティーの
弓術師。
アベルに想いを
寄せている。

エーリカ

王宮お抱えの
薬剤師。
おっぱいがとても
でかくて長い。

独白 ◆ 貴女との対話

Succubus 48 technique

大切な人を守りたかった。
『守ってどうなる?』
わからない。ただ、守りたかっただけだ。
『その先に何が?』
守った人が、いる世界がある。それだけでよかった。
『守れなかったことを、後悔してる』
そうだ、後悔してる。俺にはいつだって、力がない。
『今は、ある。これからはもっと、力を得る』
どうしてそう言える?
『愛することを知ったから。これから、もっと知ってゆくから』
誰かを愛した実感なんてない。
『それでいい。いずれわかることだから』

人を愛して、どうなるんだ？

『力を得るんだよ。世界も、余《よ》も、そういうふうにできている』

その先に何が？

『…………』

何が？

『平和、だよ』

平和……平和は、好きだ。

けれど、「平和」と言った、貴女《あなた》の声は……。

なんだか、とても怖かった。

1章 乳首とメイドとタオル

Succubus 48 technique

「頼む!!　チ●ポ触ってくれぇ!!」

俺は叫んでいた。

馬乗りのような形で俺の腰の上に跨《また》がるスズカは、完全にこちらに体重を預け、はだけた胸のあたりにその小さな顔をくっつけている。

スズカはそのくりくりとした目を細くして俺を睨《にら》む。

「駄目よ、儀式が台無しになるでしょ」

「じゃあもういっそ殺してくれぇ!!」

言葉が脳みその精査を受けずに脊髄《せきずい》反射で口から飛び出す。

「大げさすぎ……ちゅっ」

「ウワーッ!!」

スズカが俺の乳首にキスをすると、甘やかな快感が身体《からだ》中を駆け巡《めぐ》り、最終的に股間《こかん》のあたりでお祭り騒ぎを起こす。

そう、俺はかれこれ三十分ほどスズカに乳首を責められ続けているのだ。最初は指先でかりかりと弄《もてあそ》ばれ、乳輪を優しくなぞるようにこすられ、今は歯やら舌《した》やらで甘い刺激を与え続けられている。

気持ちいいか、気持ちよくないかで言えば、もちろん、めっちゃ気持ちいい。

けれど、それと同じくらい……もどかしいのだ。

直接的には乳首に快感を覚えているというのに、パンパンに膨《ふく》らんでいるのはチ●ポの方だ。こっちをいじってくれ！　と主張している。

しかし肝心《かんじん》のそれは下着に包まれているどころか、今はズボンだって穿《は》いたままなのだ。互いに露出《ろしゅつ》しているのは上半身だけ。下半身にはきちんと衣服をまとって行為に及んでいる。

「ちゅっ……ぢゅぅっ……ねえ……ちょっと口が疲れてきたんだけど」

「うっ……知るか、こっちだって苦しいんだ……ッ！」

そもそもどうしてこんな昼間から乳首を舐《な》められまくっているのかといえば。

当然、〝サキュバス四十八手〟がその理由である。

《第四手》ウグイスノタニワタリ

・巫女《みこ》が皇子《おうじ》の乳首を重点的に責め、皇子が達した際の精液を飲み込む。

・射精の瞬間まで、陰茎《いんけい》に直接触れてはならない。
・安易な快楽によらず愛されることで皇子の身体がより皇子として鍛《きた》え上げられる。

「ふざけてる……酒飲みながら考えた儀式だ、絶対……！」

「神聖な儀式中にぶつくさ言わないでよ」

「乳首舐めながら説教垂《た》れないでくれます!?　……ああっ！」

どれだけ威勢《いせい》よく吠《ほ》えてみたところで、乳首を舐められると抵抗はできない。この場での主導権は完全にスズカが握っているといえる。

それに……こんな馬鹿《ばか》げた儀式でも、俺とスズカは本気だ。文句を垂れるのをやめることはできないが、〝やめる〟という選択肢《し》は最初から存在しない。

そう、俺は今、世界平和のために乳首を舐められている。

ちんちんが苦しくても耐えられる。なぜならこれは世界のためだから。

可愛《かわい》い女の子に乳首を舐められ続けてみっともなく喘《あえ》いでいても恥《は》ずかしくない。なぜならこれは世界のためだから。

「なに急に真剣な顔してんの……ぢゅう」

「アッ、待ってそんなに吸わないで」

「ぢゅううう」

「おっ……あっ……」

「……これ気持ちいいんだ？」

「いや、えっと、とりあえずちょっと待っ……アーッ!!」

『弱点見つけたり』という妖《あや》しい光を目に宿し、スズカが俺の乳首をなんというかイイ感じの塩梅《あんばい》で吸い始めた。さっきまで感じていた股間のむずむず感が、急激に〝射精に向かってゆく感覚〟にスイッチしたのがわかった。

「ちょっと強いのがいいんだ」

「えっと、その……ウッ！」

「いいんだ？」

「ハイ……んぐっ！」

スズカはどこか楽しそうに俺の乳首を責め続ける。

こういう姿を見ると、彼女は本当に〝サキュバス〟なのだということを思い出す。

そして、サキュバスに責められた男の結末など知れている。

めっちゃ気持ちよくさせられてしまうのだ。

「スズカ……やばい……！」

「んちゅ……出ちゃう……？」

「出そう……」

「いいよ、出して……ぢゅっ」

「あぁっ……くっ……！」

急激に射精感が高まる。

「出る……ッ」

俺がそう呻《うめ》くのと同時に、スズカの目の色が変わる。

スズカがパチン！　と指を鳴らした瞬間、俺の下半身の服がパッと脱げた。未《いま》だにどういうからくりなのかわからないが、サキュバスにとっては朝飯前《あさめしまえ》な芸当らしい。

衣服の着圧から解放され、俺のパンパンに張ったチ●ポは、喜びに打ち震えた。そして、ぐつぐつと煮えるような快感を、外に放出せんとする。

俺が射精するのと同時に、スズカが俺の陰茎をぱくりと口に咥《くわ》えた。

全身の力が股間に集中するような感覚があった。熱い液体をスズカの口の中に吐き出すのと同時に、脳内に快楽物質が分泌《ぶんぴつ》される。

「んっ……んくっ……」

スズカは必死に俺の陰茎を咥えたまま喉《のど》をこくりこくりと鳴らした。

長時間焦《じ》らされたのちの射精は気が飛ぶほどに気持ちよく、俺は息を荒くしたまま、ベッドに倒れ込む。質の良いベッドマットの上で上半身がバウンドした。ちょっと脳が揺れるような感覚にくらっとすると同時に、下半身に再び強い快感を覚える。

スズカが中に残ったすべてを吸い取るような勢いで、俺のチ●ポを啜《すす》っている。そして、「ちゅぽん！」と音を立てて、スズカの口が俺から離れる。

彼女の口の端からたらりと白い雫《しずく》が垂れるのを見て、俺は思わず「エッロ……」と声を漏《も》らしてしまった。

スズカはゆっくりと時間をかけて口の中に残った精液を嚥下《えんげ》した。そして……彼女の身体に変化が現れる。

スズカの尾骶骨《びていこつ》の辺《あた》りから、ぬらぬらと淫靡《いんび》に揺れ動く尻尾《しっぽ》が出現する。彼女は……俺の生《なま》の精液を摂取《せっしゅ》すると〝完全なサキュバス〟になるのだ。

そして、俺と同じくはだけていた上半身の下部……つまり下腹部のあたりに、ピンク色の紋《もん》様《よう》が浮かび上がる。サキュバスの〝淫紋《いんもん》〟が起動すれば儀式は無事終了だ。

彼女の淫紋の輝きが増してゆき……その眩《まぶ》しさに目を細める。

そして、少しずつ、気が遠くなってゆくのを感じた。


『よっつめ』


懐《なつ》かしくあたたかい貴女《あなた》の声。

そして、覚えのある〝甘い匂《にお》い〟がした気がした。

その匂いに胸を締めつけられ、辺りを見回しても、ただ白い空間があるのみで、そこに貴女はいない。

儀式を一手進めるたびに、貴女に近づいている感覚がある。それなのに、その姿は記憶の奥にあるばかりで、この手に掴《つか》むことができない。

それが寂《さび》しくて、悲しくて……けれど、そうあることが当然のような気もするのだ。

一面の白が少しずつ薄れていき、貴女を感じられる時間が終わる。

そして、俺の中の〝鍵《かぎ》〟が、また一つ開くのが、わかった。


「……ル……アベル！」

「……ん？」

「ん？　じゃないわよ。終わるたびに毎回どっかに意識飛ばすみたいに遠くを見て」

「ああ、すまん……ちょっとぼーっとしてた」

「……賢者《けんじゃ》タイムってやつなの？」

「ちげーよ……多分」

なんだかぼーっとしてしまっていたが、スズカに身体を揺すられてハッとした。

スズカの下腹部の淫紋がゆるやかに光を失っていく。無事、第四手を終えたようだった。

「第四手も終了ね。今のところ、ペースとしては悪くないわ」

スズカが言うのに、俺も無言で頷《うなず》く。

サキュバス四十八手は、なんとしても〝半年以内〟にやり遂《と》げなくてはならない。もしその期限を過ぎてしまえば、俺とスズカは二人とも命を落とすことになる。

これは、命懸《いのちが》けの儀式なのだ。

そんなことを考えながら視線を落とすと、スズカの唾液《だえき》でちょっとつやつやしている乳首とチ●ポが視界に入る。……命懸けの儀式……なんだよな？

毎回、〝命懸け〟という状況と〝エロいことをしている〟という状況が脳内で上手《うま》く処理できず、頭がバグってしまう。

が、これをあと四十四回こなすのが俺に与えられた任務だ。四の五の言わずに、やるしかないのである。

「乳首をお拭《ふ》きします」

「ウワァ!?」

突然横から声をかけられて俺はベッドから飛び起きた。スズカもぎょっとしたように声の主を見ている。

「いつの間に入ってきたんだ！」

「すみません。癖《くせ》になってるんです、音を殺して部屋に入るの」

「流行《はや》ってんの？　それ」

ベッドの横に、しっとりと濡《ぬ》れたタオルを持って立っているのは、〝第三手〟を終えたのちに俺たちの護衛《ごえい》兼メイド役として赴任《ふにん》した『アンリ』だった。

サキュバス四十八手は、儀式自体はまあ……こんな感じの〝エロい儀式〟なのだが、救世の儀式というだけあり、準備段階に非常に危険が伴《ともな》う。第三手までを終えた時点で、そのことは骨身に染《し》みていた。

第三手の遂行《すいこう》に必要となった素材は〝エレクトザウルス〟という非常に凶暴な魔物の陰茎だ。それを採取する際、俺の身体は深く傷つき、あわや命を落とすところであった。

半年ですべてを終わらせなくては死ぬ。かといって、途中で死んでしまっても、儀式を最後まで成し遂げることができない。

そんな危険な状況を鑑《かんが》みて、リュージュが俺とスズカに護衛役、及び世話役としてアンリをつけたのだった。

アンリはどこかの国の名家の出らしい。その家は先祖代々メイド育成と輩出《はいしゅつ》を生業《なりわい》としており、一流のメイドが揃《そろ》う一家なのだという。

アンリは足音も立てずに俺に身体を近づけて、温かい湯にてほどよく湿らせたタオルで俺の乳首を拭き始めた。スズカに散々《さんざん》舐められて敏感になっていたので、ちょっと声を漏らしてしまう。

俺の身体を拭くたびにアンリの金色の髪の毛がさらさらと揺れ、なんだか甘い匂いが漂って

くる。

まさか自分の人生の中で、メイドさんにご奉仕《ほうし》してもらえる日が来るとは思ってもみなかった。正直、めっちゃ嬉《うれ》しい。嬉しいのだが……なんだか、分不相応《ぶんふそうおう》な気もしてしまって、落ち着かないところもある。

「それくらい自分で拭けるでしょうに……」

少し離れたところで見ていたスズカが言う。俺も同感だった。自分でできることまで世話してもらうと、ソワソワしてしまう。

「うん、自分で拭けるよ。温かいタオルを用意してくれただけでも嬉しい」

俺がスズカに答えるように言うと、アンリは切れ長の目で俺を見て、かぶりを振った。

「身の回りのすべてのお世話をするのが私の務めでございます」

そう言ってから、アンリは彼女が赴任してから何度口にしたかわからないあの言葉を続ける。

「〝あなたの〟アンリでございますから」

「そ、それは、決め台詞《ぜりふ》かなんかなの？」

「はい。キャラの立っていないメイドなどカスでございますので」

「急に強い言葉」

アンリは表情一つ変えずに、淡々《たんたん》と俺の乳首を拭いた。それを終えると、今度は俺のちょっぴり元気を失ったおちんちん君を拭き始める。

　アンリは、控《ひか》えめに言って、めちゃくちゃ美人だ。陶器《とうき》のような白い肌《はだ》。〝切れ長の目〟という言葉でしか言い表せないシュッと細く整った形の目に、長いまつ毛。鼻筋はスッとまっすぐ通って、その下に小さく、けれどぷっくりと存在感を主張する唇《くちびる》がある。大人びた雰囲気《ふんいき》でありつつ、少し幼《おさな》くも見える顔立ち。

　きっと、人間の顔をステータスとして見た場合、すべての要素を等しく上げていったらこんな顔になるのだろうな、なんてことを考えてしまう。

　そんな、クールで美しい彼女が俺のちんちんを温かい布で拭いてくれている。

　ムクムク、と下半身に血が集まるのを感じた。

「おや……」

　アンリが、あっという間に勃起《ぼっき》した俺のチ●ポをまじまじと見る。しかし動じた様子はなく、何事もなかったかのようにタオルでそれを拭き続ける。

「ご、ごめん……」

　なんだか恥ずかしくなって俺が謝るのに、アンリは無表情のまま首を横に振った。

「ご立派《りっぱ》でございます。それに、こちらのほうがやわらかい時よりも拭きやすくて助かります」

「そ、そっかぁ……それなら良かった」

「チッ！」

照《て》れながらよくわからない相槌《あいづち》を打つ俺に、スズカが大音量で舌打《したう》ちをする。

「あんたってほんとに誰にでも勃起するのね！」

「しょ、しょうがないだろ……！　生理現象なんだから！」

「節操《せっそう》なし！」

「こちらを拭き終えましたら、スズカ様の股間も拭いて差し上げます」

言い合う俺たちの間に入るようにアンリが言う。スズカはぴたりと動きを止め、目を丸くした。

「はぁ？　なんであたしなの。あたしのそこは、別に何も……」

「いえ、スズカ様も濡れているかと……」

「はっ!?　濡れてないわよ!!」

スズカは大声を上げて俺たちから離れる。

アンリは「そうでございますか」と小さな声で呟《つぶや》いて、また俺の股間を丁寧《ていねい》に拭き始める。

横目でスズカを見ると、彼女はこそこそとスカートの中を手で確認し、ぎょっとした顔をしていた。俺の乳首を責めながら濡らしてたってこと……？　エロ……。

ぴくり、と跳《は》ねる俺の股間を見て、アンリがもう一度「ご立派でございます」と言った。

第四手を無事終え、今日やるべきことはもうなくなった。

基本的に、一手を終えたらその日の残りは休息に充《あ》てると決めている。先を急ぐ任務ではあるが……休息を取らずに走り続けられるわけでもない。

儀式の内容だけ見れば、単に〝エロいことをして射精する〟となるわけだが、何故《なぜ》かこの儀式での射精は妙に疲れる。スズカも同じようで、儀式を終えた後はぐったりしているように見える。だから、割り切って休息をしっかりとるのも任務のうちと考えている。

スズカはアンリの勧《すす》めで一足先に入浴しに行った。ゆっくりと疲れを癒《い》やしてほしいものだ。

俺も長時間スズカに乳首を舐められて変な汗《あせ》をかき続け、アンリが拭いてくれたとはいえ乳首にもチ●ポにもまだ唾液まみれだった時の感覚が残っているようで、今すぐ入浴に行きたいところだが……その前に。

俺はちょうど上半身が裸《はだか》なのをいいことに、そのまま部屋の中で腕立て伏せを始めた。

……サキュバス四十八手に関《かか》わるようになってから、感じていることがある。

それは、俺があまりに〝一人では何もできない〟ということだ。

少し前まで所属していた勇者パーティーでの俺の役割は、〝仲間の傷を癒やす〟こと、それだけだ。聖魔術師のくせに回復魔法以外のなにも行使できないのだから当たり前といえば当たり前なのだが……勇者パーティーを離れ、四十八手を遂行する中で、何度も自分の力量不足を痛感した。

今から新しい聖魔術を覚える、なんてことはできそうにない。今まで何度も試して、無理だったことが、突然できるようになるはずもなかった。

　であれば、俺にできることは、せめて、身体だけでも鍛え上げることだ。これによりいつでも大活躍できる、と思っているわけでは当然、ない。

　けれど……自分の力不足を感じながら何もしないでいられるほどお気楽でもないだけだ。

「アベル様もお休みになっては。お疲れでしょうに」

　待機していたアンリが控えめに声をかけてくるが、俺は首を横に振り、筋トレを続ける。

「疲れるも何も、乳首舐められてイッただけだよ」

「しかし射精後の男性はぐったりするとか」

「一回くらいじゃ別にそんなに疲れない」

「なるほど、益荒男《ますらお》でいらっしゃる」

「マス……何?」

「ああ、いえ……お気になさらず。ご立派です」

　聞いたことのない言葉に戸惑《とまど》うが、アンリは追及を避けるように言葉を打ち切った。

　しばらく、俺は無言で筋トレを続ける。アンリも、少し離れたところで静かに立っていた。

　決まったセットを終え、息を整えるべく部屋の中を歩き回っていると、しずしずとアンリが俺に寄って来る。

「汗をお拭きします」

いつの間に用意したのか、タオルを手に持ったアンリが俺の身体に触れようとするが、俺は彼女からタオルだけを受け取った。

「いいよ。自分でできることは自分でする。君は休んでいてほしい」

「メイドに休息は無用です」

当たり前のようにアンリがそう言うのに、俺は眉《まゆ》を寄せる。

「そんなわけないだろ。今、ここで誰かに襲《おそ》われるなんてあり得ない。休める時は休んでくれ」

「……そうしなければご主人様は困りますか」

アンリが少し戸惑ったように俺に訊《き》く。いつも無表情な彼女から、一瞬だけ感情が垣間《かいま》見《み》えたような気がして、少し安心した。

「ああ。休んでくれないと、俺が落ち着かない」

俺が答えると、アンリは目を伏せてから、小さく頷いた。

「……そうですか。では、お心遣《こころづか》いに甘えて」

アンリは丁寧にスカートの裾《すそ》を持ち上げて俺にお辞儀《じぎ》をする。すべての所作《しょさ》が、洗練されていて、美しい。

「何か御用があれば、いつでもお呼びください。その場で私の名前を口にしてくださるだけで結構です」

「わかった。……え？　離れてても聞こえるのか？」

「メイドには聞こえます」

メイドとは一体……？

改めてお辞儀をして退室するアンリを見送って、俺は深呼吸をする。

「よし……もうワンセット」

そして、筋力トレーニングを再開した。

可愛いメイドさんをつけてもらったことに、嬉しさはある。落ち着かないながらも、新鮮な感動があるからだ。

けれど……彼女が俺の〝護衛〟を兼《か》ねていることには、複雑な思いがあった。

それは、俺が『護《まも》らなければならない』存在であることの証《あかし》だからだ。

サキュバス四十八手はもはや重要な国策となっている。その中心にいる俺を守るのは当然といえるのかもしれない。けれど……それを差し引いても、俺は弱い。

守られてばかりなのは、御免《ごめん》だ。俺は……誰かを守りたくて、冒険者になったのだから。

もっと強くならなければならない。少なくとも、俺の周りにいる、大切な仲間たちを守るために。

2章 ◆ 四十八手と福音と護衛

Succubus 48 technique

サキュバス四十八手。

それは、我が王国アセナルクスのある中央大陸よりもはるか東方にある小さな島、〝江呂島《えろ》〟をすべての国家の侵略から防いだとされる神聖なる儀式。

江呂島に住まう〝サキュバス族の巫女《みこ》〟と、大陸のどこかにいる〝選ばれし皇子《おうじ》〟が四十八の体位でそれぞれの条件を満たして交わることで、江呂島と、この世界そのもの、そして〝皇子〟に大きな福音《ふくいん》がもたらされるとされている。

長きにわたる魔王軍との戦争で、人類は疲弊《ひへい》していた。じりじりと戦線が後退し、〝魔族〟の従える魔物の縄張り《なわば》が拡大したことで各地の村も縮小せざるを得なくなっている。

魔物の中でも強力な個体に対し〝勇者パーティー〟を編成し、その対処にあたらせてはいたものの、倒したそばからまた新しい魔物は生まれ続けていた。

我々人類の魔王軍への対策は、常《つね》に、一歩遅れをとっている。その結果、人類は少しずつその領地を奪われ続けているのだ。

そんな中、一縷《いちる》の望みが、突然転がり込んできた。

江呂島からやってきたというサキュバスの巫女、〝江呂スズカ〟である。

彼女は世界を救うため、サキュバス四十八手を成し遂《と》げると国王に宣言した。そして、冒険者ギルドの総力を以《もっ》て、適合する皇子を探した結果……勇者パーティーに所属していた聖魔術師アベルが見つけ出されたというわけだ。

……そう、よりによって、アベルが、だ。

私はため息をつき、チェアの背もたれに体重を預ける。

どうして私はいつもいつも、身近な人間にまつわる大きな決断を迫られるのだろうか。

アベルを彼の両親から預かった時だって、そうだった。アベルの母、イリスが私のもとを訪れ、「もしものことがあったら、アベルはあなたに任せる」と言った時……私は、彼女を止めるべきだったのではないか。行くべきではない、ここにいろ。と……強く、引き止めるべきだったのでは。

そして、今もそうだ。アベルは私にも止められぬスピード感でサキュバス四十八手などという謎の儀式に関《かか》わり、成果を上げ始めてしまった。

持ちうるすべての権力を使ってでも、それを止めるべきだったのでは……と、そんなことを、何度も、何度も考えてしまうのだ。

扉がノックされ、考え事に耽《ふけ》っていた私は思わず身体《からだ》を跳《は》ねさせる。こんな反応をしてしまうほど物思いに耽るのは良くない。私は気を引き締めるように眼鏡《めがね》のフレームを押し上げた。

「どうぞ」

「はっ！　伝令係でございます」

「……どうしましたか」

扉を開け、姿勢を正す伝令係。

先ほど四十八手の四手目が終わったところだ。このタイミングでの伝令は、おそらく……。

「中央大陸から西蘭州《せいらんしゅう》へと続く『スカルファ大橋』が突如崩落《とつじょほうらく》したとの報告が！」

「……スカルファ大橋が？　被害は？」

「幸い、橋の上には警備兵は配備しておりませんでしたので、人的被害はありません。が、橋は完全に崩《くず》れ落ちており、復旧にはかなりの時間と労力がかかるかと……」

「……そうですか。ご苦労様、下がってよいですよ」

「はっ！　失礼いたします！」

伝令係が去るのを見届けてから、扉を閉める。

スカルファ大橋は、中央大陸と、その西側に位置する大陸、西蘭州を繋《つな》ぐ陸路の一つであった。中央と西蘭の間には海峡があり、海流が激しいそこを渡るためには橋が必須《ひっす》であった。それが崩れてしまったというのは、一見、人類にとってかなりの痛手に思えるが……その実、現状を考えると都合が良いこととも捉《とら》えられる。

というのも、スカルファ大橋はここ数年の急激な魔物の増加に伴《ともな》い、ほとんどその機能を果たしていなかったのだ。

先ほど伝令係が「橋の上に警備兵は配備していなかった」と言ったが、それは正しくない。

「配備できる状況ではなかった」のである。

いくら討伐隊《とうばつ》を組んで橋の上の魔物を駆除《くじょ》しても、数日で別の魔物が棲《す》みついてしまうということが繰り返されていた。我々は、その現象を偶然とは捉えず、魔族が意図的にあの橋を封《ふう》鎖《さ》しようと企《たくら》んだものだと考えている。

実質的には機能を失っていたあの橋が物理的に消失したことは――再建に多大なコストがかかることに目を瞑《つむ》れば――我々にとって都合が良いことと言えた。

「……これが第四の福音ですか」

私が小さく呟くのと同時に、再び執務室のドアがノックされる。

「どうぞ」

「失礼します」

ドアを開けて、私に丁寧《ていねい》なお辞儀《じぎ》をしてみせたのはつい最近雇《やと》ったメイドのアンリであった。

美しい所作《しょさ》で入室し扉を閉めた彼女に、私は問う。

「お二人の様子はどうですか」

アンリは小さく頷《うなず》いて、口を開いた。

「四手目を終え、スズカ様は入浴を済ませてからご休息を。アベル様はそのまま筋力トレーニングを行い、食事を済ませたのちに、現在入浴中でございます」

アンリはそこまで言ってから、私をちらりと見た。

「ご存じのことかと思いますが」

アンリの言わんとすることは理解できるが、私は表情を崩さずに答える。

「私とてほかの業務もあります。いつでも監視できるわけではありません」

これは事実である。実際、第四手目については他の業務の時間と完全にかぶってしまったため、監視ができなかった。アンリを雇ったことで常にアベルたちの動向を気にかける必要がなくなったということ自体は私にとってもありがたい限りだが……監視をする〝理由〟を失ったという意味では少し残念にも思える。

「王宮内でまで護衛《ごえい》を任せて悪いわね」

私が言うのに、アンリはゆるやかにかぶりを振った。

「いえ、私はアベル様のメイドですので。いつどのような場所でもご主人様をお守りするのがメイドの務めでございます」

「……と、いうふうに言うマニュアルがあるんでしょう」

私がそう返すのに、アンリは何も答えない。

ここ数日アベルたちの様子を見るのと同時にアンリの働きぶりも観察していたが……どうに

も、彼女は働きすぎているように思える。

「いいのよ、別に。国家機密に関わる務めとはいえ、いつでも気を張っていろとは言いません。あなたも休める時には休みなさい」

努めて優しい声色《こわいろ》で私はそう言ったが、アンリは相変わらずの無表情のまま……しかしどこか瞳《ひとみ》の奥に厳しい色を宿したような気がした。

「随分《ずいぶん》と甘いことをおっしゃるのですね。王宮内とて絶対に安全とは言い切れません。魔物や魔族が侵入し、アベル様を殺害しようとすることも考えられます」

彼女のその言葉には、本気でそう思っているという気迫が感じられた。仕事熱心なのは良いことだが……。

「そんなことはあり得ません」

私は断言する。

「この王宮に魔族が侵入したことは、歴史上、ただの一度もないのですから」

言いながら、何をムキになっているのだろう、と思った。気を張りすぎている彼女を少しは休ませようとしただけだ。しかし、「王宮の中に魔物が攻め入ってくる」などという王宮護衛の失策を意味する〝たられば〟を語られ、少し頭に来てしまった。

しかし、アンリは冷静な表情のまま、どこか重みのある声で、言った。

「その〝ただの一度〟がいつ起こるかわかりませんから」

私は、言葉を詰まらせる。

「私の祖国は……〝たった一度〟の侵入を許した結果、国を滅ぼされかけ、外交を閉ざし、今では……ほとんどの大国に後《おく》れを取る〝蛮国《ばんこく》〟となりました。これが救世の儀式であるのならば、たった一度の間違いもあってはなりません」

アンリの声は静かだったが、迫力を伴っていた。私は深く息を吸い、吐いて、それから小さく頭を下げた。

「あなたの言う通りね。この儀式の中断はあってはならない。王宮内であってもアベルを厳重に守ってくれるのはありがたい限りだわ」

アンリの出身地については、私もよく知っているつもりだった。けれど、私の言葉の端々《はしばし》に、〝普段は安全な土地に住んでいる〟という驕《おご》りと油断が出てしまっていたのかもしれない。

彼女の言う通り、いつでも油断しないというのは、失敗のできないこの儀式においては重要なことといえる。

が、こちらも譲歩《じょうほ》できない部分はある。

「とはいえ、肝心《かんじん》なのは王宮を出て任務にあたる際の護衛よ。休息が足りず、遠征の際に力が発揮できなくては困ります。最低限の休息はとるように」

私が強い口調でそう言うと、アンリは無表情のまま頭を下げた。

「お計《はか》らいに感謝いたします」

「……では、引き続きお願い」

私が話を打ち切ると、アンリは深くお辞儀をして、執務室を出て行った。

深いため息が出る。

メイドの名家の出であるアンリをアベルの護衛につけたはいいが、あまりに勤勉すぎて、逆に心配事が増えてしまったようにも思う。

自己犠牲《ぎせい》の精神が強すぎるアベルの目付《めつ》け役という意味もあったのだが、メイドの方もメイドの方で奉仕《ほうし》の心が強すぎる。

「まったく、一息つくこともできやしない……」

私は呟いて、再び執務室の椅子《いす》に深々と腰かけた。

儀式を進行させる上で、考えなくてはならないことが多すぎる。その上、私には秘書官としての通常業務もあるのだ。

凝《こ》りをほぐすように肩をぐりぐり回してから、私は書類の山に改めて向かい合う。


「はぁ～……でけぇ風呂、熱いお湯……最高だ……」

王宮内の大浴場は、すべてがデカい。その割に、使う人は少ないし——そもそも俺自身、サキュバス四十八手に関わっていなければ到底《とうてい》ここを使えるような身分ではない——今は完全に貸し切り状態だった。

湯船に浸《つ》かりながら、少し痛む上腕の筋肉をさすって、ちょっとした充足感に浸《ひた》る。この筋肉痛が消えたとき、俺はまた少しだけ強くなっている……はずだ。

第四手目も終わらせて、筋力トレーニングもした。今日のやるべきことはすべて終えたのだから、あとはゆっくり入浴して身体をほぐし、精のつくものを食べて眠るだけだ。

「ふー…………。……ん？」

肩まで湯に浸かり、身体の力を抜いたところで、なんとなく背後に人の気配を感じたような気がして、振り返る。そして、本当に人の姿があったので思わず大声を上げてしまう。

「ウワァ!!」

「すみません。癖《くせ》になっ」

「やめてくれないかなぁ音殺すの!!」

背後にいたのはアンリだった。しゃがんだ姿勢で俺のことを見下ろしている。

「お背中を流そうと思い参った次第《しだい》ですが……すでに終えてしまわれたようですね」

「終わったけど……そもそもそんなことしなくていいんだって」

「いえ、私はアベル様のメイドですので」

無表情ながら、どこか堂々とそう言うアンリ。

本当に、メイドというのは主人の何から何まで世話する存在なのだろうか……？　なにぶんメイドが生活の中に存在していることが初めてなので、何もわからない。

少し、好奇心が湧《わ》いてくる。

「メイドってほんとに主人の背中を流すものなの……？」

俺が訊《き》くと、アンリは小首を傾《かし》げた。その仕草《しぐさ》の度《たび》にさらさらの髪の毛も揺れるのでなんだかドキリとする。

「もう一度お流ししましょうか？」

「ああいや、そういうことじゃなくて。今までの仕事でさ」

「ああ……ご主人様が拒否されない限りは、たいてい、お背中は流させていただきますが」

「なるほど、そういうものかぁ」

「ご主人様のご要望にはすべてお応《こた》えするのがメイドでございますので」

自信満々にそう言うアンリ。

アンリの方に視線をやるたびに、そのロングスカートの中の健康的な脚《あし》が視界に入ってしまう。彼女はロングスカートタイプのメイド服を着ているので、普段は太ももが見えることなどないのだが、今の彼女の姿勢だと否《いや》が応《おう》でも目に入る。

見ないようにと気をつけていても、視線がそちらに向きそうになるので、必死にこらえる。

ただ……なんだか違和感があった。

〝そこにあるはずのもの〟が視界に入ってこないような……。

「どうかしましたか、ご主人様」

「ああ、いや……なんでも」

ちら、ちら、と視線を落として、アンリのスカートの中を見る。

やっぱりだ。なんだかおかしい。

彼女の姿勢からしても、俺の視線の角度からしても、絶対に、絶対に見えるはずなのに……！

健康的で、つややかで、真っ白な太もものその付け根のあたり。

そこには「パンツ」があるはずだ。男ならどうしても見ようとしてしまうそれが……どうしても、見えない。

〝はいてない〟とかそういうことじゃない。絶対にそこにあるはずなのに、なぜだかその辺《あた》りの部分だけ、視界がぼやけるような感覚があって、〝見えない〟のだ。

「ご主人様」

「あっ！　はい！　なんですか!?」

パンツを覗《のぞ》こうとしていたのがバレたかと思い、声が上擦《うわず》る。しかし、アンリはいつものような無表情のまま、俺を見ていた。

「申し訳ございませんが……パンツはお見せすることができないのです」

「えっ!?　パンツ!?　どうしたんだよ急に、そんな……」

「必死で覗いておられましたので……」

「はい、ごめんなさい」

ごまかしは失敗。ガッツリバレていた。

「私のメイド服には特殊な〝呪《まじな》い〟がかかっておりまして……ご主人様のご希望であっても、パンツは見えないようになっているのです」

「はぁ〜、なるほどなぁ。いや、そうじゃない。ごめんな、覗いちゃって……ちょっとこう、俺も男の子だからさ……」

「いえ。もっと見てくださってても、顔を突っ込んでくださってても構いません。しかしパンツだけはどうしてもお見せできず申し訳ない限りでございます」

「いや、突っ込まないけどね!? ……どうしてパンツだけは見えない呪いなんてものが?」

興味本位に訊くと、アンリはまたも表情一つ変えずに、答えた。

「メイドのスカートの中は鉄壁でなくてはならないからです」

「ははぁ、なるほど」

妙に納得してしまった。

見てもいいと言われたので、改めてちらりと彼女のスカートの中を見る。やっぱり、パンツは見えない。

「絶対に見えるアングルのはずなのに……！」

俺がそう言うのに、アンリは不思議そうに首を傾げる。

「……なんだか嬉しそうですね？」

「な、なんかこう……見えない方が興奮《こうふん》する」

俺が言うと、アンリは少しだけ目を細めて言った。

「バ……特殊な性癖《せいへき》をお持ちですね」

今「バカ」って言いそうにならなかった？

「正直、私はパンツくらい見せても構わないと思っているのですが」

「いや、俺もそんなにパンツ見たいわけじゃないからね!?」

「……そんなに覗いているのに？」

「ごめん……あまりにも見えなくて、面白《おもしろ》くなってきちゃって」

「どうぞどうぞ、いくらでも」

アンリが少しばかり脚を開いてみせる。

うお……やっぱ見えない。というかそこにだけもやがかかるの、余計にエロいかもしんない。

「ああ、ごめん。めっちゃ見ちゃった」

「どうぞどうぞ、いくらでも」

「鉄壁だからっておおらかすぎる」

「パンツくらい見せても構わないと思っているので。呪いは私の意志とは関係ありませんから」

「……と、いうと？」

俺が問うのに、アンリは開いていた脚を閉じながら頷く。閉じてる時の太ももイイな……。

「私の所属していたメイド一家は必ずこのメイド服に袖《そで》を通す決まりなのです。そして、必ず、スカートには呪いがかけられています」

「パンツが絶対に見えない呪い、だよな？」

「正確には違います」

アンリはスカートの裾《すそ》をちょこんとつまみながら、どこか、遠くを見るような目をする。

「……『生涯《しょうがい》この人に仕《つか》える』、と、心に決めた主人にのみ、パンツが見えるようになる」

まるで〝暗記した文言《もんごん》〟を諳《そら》んじるような、そんな声色で彼女は言った。

「そういった呪いです」

「……なるほど」

アンリは相変わらず無表情だったが……呪いの内容を口にした時だけ、少し声色が低くなったような気がした。気のせいかもしれないが。

「アンリにそんなふうに思ってもらえるご主人様とやらは羨《うらや》ましいな」

俺は努めて明るい声でそう言った。少なくとも、その相手が俺ではないことは、わかっている。

俺の言葉に、アンリは小さな声で返した。

「そんなお方は、この世に一人だっていたことはありません」

「ん？」

しっかり聞こえていたが、意図を摑《つか》みかねて俺が訊き返すと、アンリはかぶりを振った。

「いいえ、なんでもございません」

なんだか、これ以上この話を深堀《ふかぼ》りしないほうがいい気がした。

どのみち、彼女のパンツは見えないし、見えないほうが興奮するし！

「さて、そろそろ上がろうかな。これ以上はのぼせそうだ」

そう言って、俺はアンリに背を向けて立ち上がる。目の前でおちんちんを露出《ろしゅつ》させるのは未だに抵抗があった。

「アンリも、もう自室で休んでいいよ。様子を見に来てくれてありがとう」

俺はアンリに背を向けたままそう言う。ずっとそこにいられると動けないし……。

しかし、彼女の返事は聞こえず、気配が遠のく感じもしなかった。

「あの、アンリさん？」

「ご主人様のお身体を拭《ふ》くまでが私のお仕事です」

「いやぁ、そこまでしてもらわなくて大丈夫だって……」

「いいえ、ここは譲《ゆず》れません。急がねば湯冷めしてしまうやも」

「わ、わかったよ……」

「では、脱衣所へ」

こういうときのアンリはめちゃくちゃに押しが強い。仕事熱心なのはいいけど、やっぱり一日に何度も女の人に裸《はだか》を見られるのは恥《は》ずかしい……。

脱衣所に着き、アンリは小さめのタオルで俺の髪の毛を拭いた。いつも自分でするような「ぐしゃぐしゃ」と乱暴に拭くのとは違い、まず「ぎゅっぎゅっ」とタオルを押し当てて水けを取る。そして、髪の間に空気を含ませるような絶妙な加減で「ふぁさふぁさ」とタオルを上下させて、拭いてくれた。そのすべてがなんだかとても心地よく、一流のサービスを受けている……というような気持ちになった。

「お身体に触れますね」

「あ、はい……」

アンリが新しいタオルで俺の上半身を拭き始める。なんだか絶妙な力加減で体表の水分を拭き取ってゆく。妙に緊張してしまった。

上半身を拭き終えて、アンリが目の前にしゃがみ込む。彼女の目の前には俺のチ●ポがあった。彼女は俺の身体の前方から、後方に手を回すような形で俺の尻《しり》のあたりをタオルで拭く。

アンリの小さい顔の前に、自分の性器がある状況に、どうしてもドキドキしてしまう。

そして、ドキドキしていると、自然と下半身に血液が集まってゆき……。

「……わっ」

アンリが小さく声を上げた。

その目の前に、完全に勃起《ぼっき》した俺のチ●ポがあった。

「……立派《りっぱ》なおチ●ポですね」

「……ごめん」

「謝るようなことは何もございません」

アンリはクールな表情のまま、俺の尻を拭き終え、今度は股間《こかん》周りを拭く。そのままの流れで、勃起したそれにタオルを当てた。ぴくり、とチ●ポが揺れる。

「本当に、長くて、太くて、逞《たくま》しいですね」

「あ、ありがとう……その、そこは自分で拭くから……あっ」

「大丈夫ですよ。ご主人様は恥ずかしがっておられるようですが、このように勃起されるのは健康の証《あかし》でございます。それに……世界を救うおチ●ポを拭かせていただけるなんて、身に余る光栄でございます」

「……それ、本気で思ってる？」

「……ええ、本気でございます」

今不自然な間《ま》があった気がするけど……。

アンリは、どうも掴みどころがない。とにかく優しく、献身《けんしん》的だが……心の内が、まったく見えてこない。

下手に踏み込もうとは思わないけれど、少しだけ、寂《さび》しいと感じる。

「……ご要望であれば」

真剣に、丁寧に俺の下半身を拭いていたアンリが急に視線を上げて俺を見た。このアングルで上目遣《うわめづか》いは股間にクるからやめてほしい。

「お世話いたしますが」

「ん？」

アンリの言葉の意味がわからず、首を傾げると、アンリは数秒の間を置いた後に、人差し指と親指で輪《わ》っかを作り、俺のチ●ポの根本辺りをぎゅっ、と摑んだ。

「ワッ!?」

そして、流れるような動きで俺のチ●ポの先端にキスをする。

「ちゅう」

「ワーッ!?」

「あっ」

俺は慌《あわ》てて後ずさる。アンリの手と口が俺のチ●ポから離れた。

「お世話ってそういう!?」

「……はい。ご不快でしたか……？」

「いや、不快とかそういうんじゃないけど!!」

むしろ気持ちいいけど！

「でしたら……」

「いやいや、大丈夫、大丈夫だから！」

「遠慮なさっているのでしたら」

「遠慮とかじゃなくてね!?」

やけにグイグイ来るアンリに、俺は大慌てだった。

「あの、その、なんて言えばいいのかなぁ……」

「？」

小首を傾げるアンリ。

必死で言葉を探すが、自然と一つの方向へ収束してゆく。しかし、この状況で適切な言葉が見つからず、俺はおそるおそる、口を開く。

「その……アンリはさ……」

「はい」

「……俺のチ●ポ、舐《な》めたいの？」

俺がもごもごとそう訊くのに、アンリは一瞬ぽかんとした表情を浮かべる。

つまり俺が訊きたいのは、「アンリが本心からそうしたくてしているのか？」ということなのだが、なんだかわけのわからん質問になってしまっているような気がする。けれど、これ以外の気の利《き》いた訊き方が俺には思いつかなかった。

アンリはしばらく考えたのちに、言った。

「いえ……別段、舐めたいわけでは……」

素直だった。

「そうだよねぇ!!」

「はい。あ、いえ……しかし、この場合ご主人様の欲望を受け止めるのがメイドの役割かと」

「そんなことないよ!?」

「ご主人様に何一つご不便な思いをさせないのがメイドの仕事ですので」

「こ、これはなんというか、不便とかじゃなくて……そう！　日常！　日常だから！」

「日常……？」

「そう、勃起は日常！　いつもしてるから!!」

なんだか恥ずかしいことを大声で言っているような気がする。しかし、事実だ。

「勃起するの慣れてるから、大丈夫だ！」

「しかし……射精しないと勃起はおさまらないのでは？」

急に耽美《たんび》同人漫画の導入みたいなこと言いだした！

「そんなことないし、仮にそうだとしても自分でどうにかするから大丈夫だよ」

「一人寂しくオナニーするってことですか？」

「えっ？　急に刺すじゃん……」

オナニーは寂しくない。むしろあの瞬間は最も心が強くなるときだ。そのあとのことは考えない。

「いいか、アンリ。仮に、君が俺のチ●ポを舐めたくてしょうがない！　っていうんだったら、今そうしてもらったら、俺も嬉《うれ》しい。それならお互い楽しくなれるから」

俺は、チ●ポをおっ勃《た》てたまま言う。娼館《しょうかん》で女の子に説教するオッサンってこんな感じなのかもしれない。

「けど、そうじゃないなら、してもらっても嬉しくない」

俺がはっきり伝えると、アンリは少し戸惑《とまど》ったように視線を彷徨《さまよ》わせたのちに、頭を下げた。

「失礼しました」

「いや、謝ることない。アンリなりにメイドの仕事をしようとしてくれてるのはわかるから」

俺はゆっくりと呼吸をして、心を落ち着けてから、改めて言う。

「アンリが俺の護衛や世話をしてくれることには、感謝してる。でも……君が本当にやりたいと思わないことは、やらなくていい」

「……私の意志は、メイド業務には関係が」

「あるよ、ある」

アンリの言葉を遮《さえぎ》るように俺が言うと、彼女は再び瞳を揺らした。困惑《こんわく》しているようだった。

「君を〝奴隷《どれい》〟みたいに扱う気はない。仮に俺が急に『チ●ポしゃぶれよ』とか言い出したとしても、君は断っていいんだ」

「命令されれば、私は――」

「じゃあ、命令する。俺の指示でも、今後は嫌だと思ったら断ってくれ」

俺の言葉に、アンリは、何度か口を開けたり閉じたりしてから、キュッと唇《くちびる》を結んだ。

そして、おずおずと、頷く。

「……承知いたしました」

「うん、そうしてくれると嬉しい」

アンリは困ったようにもじもじと身じろぎしてから、自分が手に持ったタオルに気づく。

「あ、お、お身体を……」

「もう拭いてもらったよ。大丈夫」

「そ、そうでしたね……」

アンリの視線が落ちてゆき、俺のチ●ポのところで止まる。真面目《まじめ》な話をして、すっかり俺のチ●ポは普段のサイズに戻っていた。

「……射精しなくても、小さくなるんですね」

「それ本気で言ってたの!?」

性教育はどうなってんだ、性教育は！

着替えを終えて、脱衣所を出ると、アンリは深々と頭を下げてから俺と別れた。

……本当に、彼女はいつ休んでいるのだろうか。「この後はゆっくり休むんだよ」と言い含めておくべきだったと後悔する。

自室へ向かう途中、ふと、チ●ポの先にそわそわとした感覚があった。

脳裏《のうり》に、さっきアンリが先端にキスをした時の感触がよみがえる。おとなしくなったはずのチ●ポがあっという間に勃起した。

アンリの小さな口にあのまま奉仕してもらっていたら、めちゃくちゃ気持ち良かったんだろうな、と思う。メイドとの爛《ただ》れた性生活！　耽美同人漫画で死ぬほど読んだジャンルだ。だというのに、いざその状況を目の前にすると……困惑の方が大きかった。

ただでさえ、四十八手に関わり始めてからというもの、いろんな女性とのエロいイベントが波のように押し寄せている。俺の人生は一体どうなってしまったというのか。

サキュバス四十八手自体は、元々、そういう儀式なのだから、仕方がない。本気で取り組むと決めたからには、内容がどうであろうとやり遂げるまでだ。

けれど、それ以外の突然のエッチなイベントについては……いつも、その瞬間は興奮しても、すぐにある一つの思いが俺の心にのしかかる。

〝俺に、そんなことを楽しんでいる資格があるのか〟

そんな考えが、いつだって……俺の心の奥底に、重く鎮座《ちんざ》している。

3章 ◆ 満腹と潮吹きと練習

Succubus 48 technique

《第五手》フタツドモエ

・指定された体位で互いの性器を舐《な》め合い、満腹になるまで体液を飲み合う。
・皇子《おうじ》と巫女《みこ》が互いの存在をより強く感じ、四十八手の結束を強める。

「さすがに愛液だけでお腹《なか》いっぱいになるのは難しいと思うんだよな！」

「気持ち悪いセリフ」

「スズカはどうだ？　精液だけでお腹いっぱいになりそうか？」

「なんで今回に限ってすんなり受け入れてんの？　気持ち悪！」

俺はもはや、儀式の内容にいちいちツッコむ気力を失っていた。どうせやるんだし。

スズカは第五手の内容が書かれた巻物を丸めなおしながらため息をついた。

「……まあ、あたしは〝そういう生き物〟だから。あんたがいつもくらい射精したら、満腹にはなると思うわ」

「……ふぅん」

「エロい顔しないでよ」

スズカが俺をキッ！　と睨《にら》みつける。俺は顔を逸《そ》らしてお茶を濁《にご》した。

いや、やっぱ精液飲んでお腹いっぱいになる、っていうのはなんかエロすぎる。俺のようなエロガキは文字情報だけで勃起《ぼっき》できるのだ。

「問題はあんたのほうね。確かに、あの液体だけでお腹いっぱいっていうのは……ちょっと想像がつかない」

「な、なんかサキュバスの技《わざ》、みたいな感じで、愛液ドバドバ出したりできないのか」

「できるわけないでしょそんなこと‼」

指鳴らして服脱がせられるのにぃ？

未《いま》だにスズカの「当然できるわよ！」と「できるわけないでしょ！」の基準はさっぱりわかっていない。

「まあ、なんにしろ……人体のことを相談するなら」

「エーリカね……」

二人同時に頷《うなず》いて、俺たちは自室を出て、エーリカの工房へ向かう。

エーリカは王宮内に工房を構える、〝国家お抱え〟の薬剤師だ。医学のみならず、植物や魔物にも精通しており、当然、人体についても詳《くわ》しい。サキュバス四十八手も、彼女の協力なしではここまでスムーズに進行できなかっただろうと思う。

王宮内の庭を抜け、鬱蒼《うっそう》とした森の中をしばらく歩くと、エーリカの工房が見えてくる。

煙突から煙が上がっているので、おそらく彼女は工房内にいるだろう。

工房の扉を開けると、エーリカはロッキングチェアをゆらゆらと揺らしながら何やら黒い小さな果実を食べていた。

「むっ、おっ……ごくっ……あ、アベルくん、スズカちゃん、い、いらっしゃい……」

慌《あわ》てて口の中のものを嚥下《えんげ》してから、エーリカが立ち上がる。

「悪い、ご飯食べてたのか」

「ちょ、ちょっと休憩《きゅうけい》してただけだから、だ、大丈夫……」

食べかけの皿の上には、しわくちゃで小さな黒い果実。あれが〝チチプルーン〟というものであることを俺は知っている。そして、エーリカの言っていることが本当であれば、その果実が彼女の凶暴なおっぱいを作り上げたのだということも。

ぱたぱたと早足で俺とスズカのもとへやってくるエーリカ。デカすぎる乳がふるふると振動していて、非常に眼福《がんぷく》だった。

「チチプルーン……」

スズカはテーブルの上に置かれたままの皿を見つめていた。

「ん？　す、スズカちゃんも食べる？」

「あ、いや……今日はもう食べたから大丈夫」

「ああ！　この前たくさん、あ、あげたもんね。な、苗木《なえぎ》の方はどお？」

「順調に育ってると思うわ」

「そ、そっか、そっか。無事に実がなるといいねぇ」

「ええ……それより！」

スズカは気まずそうに会話を打ち切った。

スズカ……毎日チチプルーン食べてるのか。俺は自然と視線を落として、スズカの胸を見てしまう。その瞬間、左頬《ほお》がバチン！　と音を立てていたんだ。

「痛ァ!!　何ィ!?」

突然スズカにビンタされて俺は目を白黒させる。

「余計なこと考えてないで、ここに来た理由を説明しなさいよッ！」

「すぐ殴るのやめてって言ってるでしょお!?」

「け、喧嘩《けんか》はやめてぇ……」

俺とスズカがギャンギャン言い合い、エーリカがたじたじしている。いつもの光景であった。

「なるほどぉ……」

大まかな事情を説明すると、エーリカはううん、と唸《うな》ってしばらく黙り込んだ。

それから、パッと顔を上げて、言う。

「愛液の分泌量《ぶんぴつ》で、お、お腹いっぱいにするのは難しいと思うから……や、やっぱり、潮吹《しおふ》きしてもらうしか、な、ないんじゃないかな……！」

妙案！　というようにエーリカは表情を輝かせた。

が、隣のスズカはぽかんとしていた。

「しお……？」

「う、うん。潮吹き。し、したことない？」

エーリカはこともなさげに訊《き》くが、スズカは何度も首を横に振った。

「な、ないわよ。ていうか潮吹きってなに!?」

俺の方を向いてスズカが訊くので、俺はなんだか照《て》れながらもごもごと答える。

「ほら、こう……気持ち良くて、股間《こかん》から液体が出るんだよ。あんま派手《はで》じゃなかったけど、前にもしてたぞ、スズカ」

「はぁ!?　おしっこ漏《も》らしたってこと!?」

「ちがう、おしっこじゃない。おしっこじゃないけど、液体が出るんだ」

「出るわけじゃないでしょそんなの!!」

俺に怒られても、俺は女の子じゃないし、実際に何が出てるのかとかは全然知らない。ただ、おしっことは別だ、ということについては散々《さんざん》読んでいる耽美《たんび》同人漫画で知識を得ていた。……まさか耽美同人漫画が間違っているなんてことあり得ないよな？　俺の性知識、ほとんどあそこから得ているんだが？

エーリカはにこやかに頷きながら、言う。

「だ、大丈夫。おしっこでは、な、ないから」

「成分はほとんど、お、おしっこみたいなものだけどね？」

「そうなの……？」

「じゃあおしっこじゃん!!」

叫ぶスズカ。

潮吹きっておしっこだったの!?　愕然《がくぜん》とする俺。

「んーん、おしっことほとんど同じ成分だけど、お、おしっことは違うんだよぉ」

「何、なぞなぞ……？」

おしっこだけどおしっこじゃないもの、な〜んだ。

「お、おしっこかどうかは、この際、お、置いておいて……」

「置いとくのか……」

「ど、どのみち、愛液を、満腹になるほど分泌するのは物理的に、ふ、不可能だから……」

「潮吹きしてもらうほかない、ってことか？」

「う、うん……。条件にも〝愛液〟とはか、書かれてないし」

確かに〝体液〟と書いてあった。そもそものところ潮吹きさせることが前提の儀式ってことか……？　これ考えたやつ、変態すぎるのでは。

何はともあれ。

俺とエーリカの視線がスズカに集まる。

スズカはぷるぷると小さく震えていた。

「あ、あたし……アベルにおしっこ飲ませるってこと……？」

「げ、厳密にはおしっこじゃ――」

「おしっこみたいなもの飲ませるってこと⁉」

「そ、そうなるんじゃないかなぁ……」

「イヤだぁ……」

スズカは泣きそうな顔でそう言った。

いや、お腹いっぱい、おしっこみたいなものを飲むのは俺なんだけどね？

サキュバス四十八手、前途多難である。

「こ、これがいっぱい射精できる薬で……こ、こっちが、いっぱい潮吹ける薬、だよ」

エーリカがドン、とカウンターテーブルの上に二つの小瓶《こびん》を置いた。

「なんでそんな薬があるの……？」

「えへへ」

笑ってごまかされた。可愛《かわい》い。

小瓶を睨みつけるようにしながら、スズカはその場でもじもじとしていた。

「どうした？　スズカ」

「いや、その……」

「うん？」

「……しかたが、わからないのよ」

スズカは顔を真っ赤にしながらそう言った。

「潮吹き、しなきゃいけないのはもうわかったわよ。やるしかないならやる。けど！　やり方がわかんないから……」

スズカはただただ恥《は》ずかしそうにそう言って、うつむく。

確かに、彼女の言うことはもっともだ。やり方がわからないことを急にやれと言われても困ってしまう。さっきも言ったように、彼女は今までの儀式でも何度か、絶頂の前後にぴゅっぴゅと透明な液体を噴出していたが……おそらく、今回求められているのはああいう小さなものではなく、思い切りブシャー！　と出るやつだ。

泣きそうになりながら小さな子供のように両手の拳《こぶし》を握りしめ、うつむいてしまったスズカ。

俺とエーリカは困ったように顔を見合わせる。

……が、エーリカはすぐにニコッと微笑《ほほえ》んで、言った。

「じゃ、じゃあ……今、練習してみよっか」

スズカはゆっくりと顔を上げて、エーリカを見た。

そして、ぽかんと口を開ける。

「えっ？」


工房の中心で、エーリカに寄りかかるようにして、スズカが座っている。

スズカの尻《しり》の下には、エーリカの作った〝吸水シート〟が敷《し》かれていた。

そして、スズカは下半身をはだけて、脚《あし》を開いている。

「ね、ねえこれ……すっごく恥ずかしいんだけど……！」

顔を真っ赤にするスズカ。しかし、スズカの背後のエーリカは朗《ほが》らかだった。

「は、恥ずかしいことないよぉ。な、なにごとも練習あるのみ、だからぁ」

練習あるのみ、と言っても、一人でするのと二人に見られながらとでは全然話が違うと思うのだが……おそらく、それをエーリカに伝えても小首を傾《かし》げられて終わるというのは俺もスズカもわかっていた。

「そ、そう言うエーリカはどうなの!?」

下半身真《ま》っ裸《ぱだか》の状態でスズカがエーリカに一矢報《いっしむく》いようと振り返る。懸命に戦おうとしているが、マ●コが見えている。

「エーリカはできるわけ!?　潮吹き!!」

「え?　で、できるよぉ……」

「えっ……できるの……?」

「う、うん……面白《おもしろ》そうだったから、れ、練習したよ……?」

返《う》り討ち。一般的な〝倫理《りんり》〟とか〝羞恥心《しゅうちしん》〟とかいう概念はエーリカからは抜け落ちているらしい。というかエーリカ潮吹きするの?　めっちゃ見たい……。

「勃起した顔すんな!!」

「してない!!」

スズカはもう羞恥心によってすべてに噛《か》みつく獣《けもの》になっている。埒《らち》が明かないので、さっさと始めてしまった方が良いだろう。

「じゃ、じゃあ……始めるぞ……」

「始めるって何を!?」

スズカが怯《おび》えたように俺を見る。そして俺も困ったようにエーリカを見る。

「ど、どうしたら……」

「え、えっと……とりあえず、マ●コに中指を入れよっか……」

ま、マ●コって言った……。下半身がより元気になるが、今回は大丈夫、コッドピースを着けているから。

俺はスズカに近寄って、その秘部に軽く触れる。

「あ……んっ……」

こんな状況でもすでにぬるりと濡《ぬ》れていた。指を入れても大丈夫そうだ。

「入れるぞ」

「えっ、ちょっ、待っ……あんっ！」

スズカがなやましい声を上げる。その後ろのエーリカもまじまじとスズカの股間を眺《なが》めていた。あまりに倒錯《とうさく》した光景に頭がバグる。

ぬるりと中指が彼女の中に入ってゆく。少し奥に進むたびに、きゅっ、と温かな肉が指を締めつけてきて、なんだか気持ちがいい。

「そ、そしたら……ゆ、指の第一関節を、曲げて？」

エーリカが俺に指示する。

「こ、こうか……？」

「んっ……」

スズカが目をぎゅっと瞑《つむ》り、開いた脚をもじもじと動かした。中はぎゅうぎゅうと締まっている。指の先に、なんだか「ざらざら」とも「ぷよぷよ」とも言い難い不思議な感触を覚えた。

「ひ、ひだひだ、みたいな感じ、する?」

「する……」

「じゃあそこを、指を曲げたまま、擦《こす》ってあげて。つ、爪《つめ》は立てちゃだめだよ?」

「わ、わかった……」

おっかなびっくりで俺は手を動かす。

「はっ……んっ……」

スズカは俺が中を擦るのと同時に艶《つや》やかな声を上げる。自分のしたことに対する反応が返ってくるというのは、やけに気持ちがいい。

「ひ、ひとによって、気持ちいいところは違うから……さ、探してあげて……?」

エーリカが俺を見ながら言った。心なしか、彼女も息が上がっているように見える。

俺はエーリカに言われたとおりに、同じところばかりでなく、少しずつ擦る場所をずらしながら、スズカの反応を窺《うかが》った。

少し右、少し左、少し手前、少し奥……と、試していると。奥の方を擦った時に、スズカがひときわ大きく、びくりと身体《からだ》を跳《は》ねさせた。

「あっ……!? くっ……んんっ……!」

「ここ……気持ちいいか?」

「はっ……んっ……んんっ！」

スズカは言葉を発せられないながらも、涙目になって、こくこくと頷いた。

なんだか嬉《うれ》しくなって、俺はそこを刺激し続ける。

スズカの腰が堪《たま》らず逃げそうになると、すかさずエーリカが両手でお腹を押さえて止めた。

エーリカはスズカの耳元で「気持ちいいね」とか「大丈夫だよ」とか囁《ささや》き続けている。なんだこの空間は……エロすぎる……。

俺のイチモツはコッドピースの中でピンピンに勃起していて、もはや痛いくらいだった。

だんだんと、スズカの膣内《ちつ》がびくびくと痙攣《けいれん》する頻度《ひんど》が増えてきたような気がする。跳ね上がる腰をエーリカが押さえつけるたびに、スズカの息が荒くなる。

「あっ……はぁっ……な、なんか……」

「イきそうか？」

「わっ……かんない……ッ」

スズカは涙目になりながら、イヤイヤ、というように何度も首を横に振った。

「なんか……ッ」

気持ちよさそうに、そして同時に苦しそうに喘《あえ》ぐスズカに、エーリカが囁く。

「出ちゃいそう？」

エーリカの問いにスズカはこくこくと何度も頷く。それを見て、エーリカは優しく微笑んだ。

「……じゃあ、出しちゃお」

「えっ、ちょっ……あぁッ」

エーリカはスズカの下腹部をぐっ、と押した。俺が中から圧迫している部分とぴったり合っているとは言い難かったが、下腹部の肉が圧迫されたことで、中の圧《あつ》が高まったのかもしれない。スズカはぐぐっ、と背中を反らしながら喘いだ。

「あっ……んぐっ……はっ、はっ……イッ……」

スズカの脚がぷるぷると震えた。そして、膣内がぎゅっと締まる。

「クッ……！」

中がびくびくと痙攣して、俺の指を思い切り締めつけてくる。が、特に……潮吹きはしなかった。どうしていいかわからなくなった俺に、エーリカがのんびりと言った。

「つ、続けて?」

「え?」

「大丈夫、もうちょっと」

絶頂して朦朧《もうろう》としているスズカを見る。このまま続けて大丈夫なのか？　と思ったが……エーリカは柔和《にゅうわ》に微笑みながら頷いた。

俺は覚悟を決めて……再び指を動かしだす。

「あっ……!?　待っ……今、イッ……たばっかり、だからぁ……！」

「だ、大丈夫、気持ちいいだけ、だよ」

「もっ……なんか……わかんない……ッ！」

執拗《しつよう》に同じ部分だけを責め続ける。スズカの弱い部分は、もう覚えたつもりだった。

びくびくと跳ね続けるスズカの腰。中もぎゅうぎゅうと締まり続けていて、もうイッているのか、そうじゃないのかも俺にはわからない。

「あっ……も、無理……ほんとに、出ちゃう……！」

スズカが快感に悶《もだ》えながら言う。

「いいよ、出しちゃお」

「ダメ……これ、絶対、おしっこ……！」

「んーん、違うよぉ。大丈夫、大丈夫」

「大丈夫じゃないぃ～ッ！　あっ……あ……ッ！」

イヤイヤと首を横に振るスズカだが、エーリカは相変わらず優しい声でスズカの耳元で「出しちゃえ」と囁くばかりで、当の俺もスズカを責めるのをやめない。

「はっ、はっ……あぁッ……でる……出ちゃう……ッ」

「いいよぉ、出して？　出して気持ちよくなろ？」

エーリカの声もなんだか興奮《こうふん》気味だった。俺も、言わずもがな。乱れるスズカを中心に、この場の全員が興奮していた。

「あっ……ヤっ……うぅっ……！　あっ、あっ………あっ」

力が抜けたような声をスズカが上げるのと同時に、俺の手のひらにビュッ、と熱い何かがかかった。ほとんど透明に見える液体が、スズカの尿道から小刻《こきざ》みに噴《ふ》き出していた。

「やぁっ……あっ！　あぁっ！」

ビュッ、ビュッ、と音を立てながら潮を吹くスズカ。

「アベルくん」

「な、なんだ……！」

「指、抜いてあげて」

「えっ？　ああっ、わかった……！」

突然の潮吹きに俺もかなりテンパっていた。

俺がスズカの中から指を引き抜いた瞬間に、スズカの腰が思い切り跳ねる。

そして……。

「いやぁッ」

スズカは泣きながら、ビューッ！　と派手に音を立て、とんでもない勢いで潮を噴出する。

そのすべてが俺に勢いよくかかったけれど、そんなことは微塵《みじん》も気にならない。

女の子が、目の前で、潮を吹いている……！

俺は感動に打ち震えていた。

何度もビュッ！　と液体を放出したのちに、スズカはくたりと全身の力を抜いて、エーリカに全体重を預けていた。そして……めっちゃ泣いている。

「もう無理……恥ずかしすぎて、死ぬ……」

「恥ずかしくないよぉ、人体の仕組みだからぁ」

「そういう問題じゃない〜〜〜!!」

身体を回転させ、エーリカの胸に顔をうずめてわんわん泣くスズカ。こっちに魅力的な尻が思い切り向けられていて、ちんちんが痛くなった。

「よ、よしよし……スズカちゃん、とっても、が、頑張ったねぇ……」

「う〜〜〜〜」

「これで、ちゃんと儀式もこなせる、ね……？」

エーリカの言葉に、彼女の胸から頭をガバッと上げて、スズカは愕然とした顔で言った。

「……こんなのもう一回やらないといけないの？」

「そ、そうなんじゃないかなぁ」

「うわ〜ん！」

いつも「イヤだぁ」と言うところを、ガチ泣きだった。

俺はめっちゃ興奮したけど……やっぱり他人の前でおしっこをする——厳密にはおしっこではないらしいけど——というのが恥ずかしいのはわかる。

俺だって女の子の前で急におしっこしろ！　と言われたら………ちょっと興奮してしまうかもしれない。

俺とエーリカはしばらくガチ泣きするスズカを慰《なぐさ》めてから、先にスズカを帰し、工房の床の掃除をした。スズカを一人にしてもいいのだろうかとても悩んだが、多分だけど、俺と一緒に王宮に帰る方が気まずいのではないかと思った。おまけに、自分が出した液体の片付けなんかを手伝わせたら余計にみじめな気持ちにさせてしまうだろう。

「いやぁ、初めてなのに、い、いっぱい出たねぇ」

あらかた掃除し終えた頃に、エーリカはなぜかほくほくとした表情でそう言った。

「なんか嬉しそうだな……」

俺が思ったままに口にすると、エーリカはきょとんとした表情で小首を傾げた。

「嬉しい……かはわかんないけど、ちょっと楽しかったかなぁ」

「楽しかった？」

「う、うん。私はあんなに、い、勢いよく出せないし……そ、そもそも、気持ちよくて液体が出ちゃう！　って、いうのが、な、なんか面白いよね……」

そう言ってから「ふふふ」と肩を揺らしながら笑うエーリカ。

俺はなんだか、肩の力が抜けるような気持ちになった。

「やっぱエーリカって……不思議だよな」

「ふ、不思議……？」

「ああ。ほら、やっぱり……世間《せけん》一般では、そういう〝エロいこと〟みたいなのを面白がっちゃいけないみたいな風潮あるだろ」

俺が言うのに、エーリカは「ああ……」と曖昧《あいまい》な相槌《あいづち》を打った。

「へ、ヘンだよね。だって、みんな、えっちなこと、好きなのにね？　えっちなことは気持ちいいし、どんな状況だったとしても、面白いことが起こったら、お、面白いよ」

エーリカはそこまで言ってから、少し表情を暗くする。

「でも、わ、私は……〝世間一般〟っていうものを、あんまり、学んでこなかったから……」

エーリカはそう言ってから、少しわざとらしくニコッと笑った。

「だ、だから、私は、子供みたいな心のまま、お、大人になっちゃったんだと思う」

その笑顔はどこか寂《さび》しそうで、俺は思わず首を横に振った。

「いいんじゃないかな、エーリカはそれで。現に、君がそういうふうにいてくれてるから俺も癒《い》やされてる」

「そ、そうなのかな……」

「ああ、そうなんだ」

俺はうんうんと頷いて、言う。

「やっぱ、潮吹きとか射精とか、面白いよな。面白いのに、なんか興奮するんだよ」

「そう！　そうだよね！」

　エーリカは前のめりになって頷いた。デカ乳がぶるんぶるんと揺れている。

「えっちなことを〝えっちなこと〟だって感じるのは、人間に組み込まれた生存戦略の一つなんだよ！　だからたいていの人はそれに興味があるし、興奮するし、時には脳を支配されちゃう。でも、実際やってることは性器と性器をこすって体液を出すだけなんだよ？　他にも面白いことや気持ちいいことはいっぱいあるのに、ほとんどの人間がえっちなことが好きになっちゃうのって、生物的な面白さがあると思わない!?」

　顔がくっつきそうな距離で、目を輝かせながらエーリカは語った。

　こうして、興奮気味に好きなことを語る時は、言葉に詰まらないんだな……と思ったが、口にはしない。それも、彼女の魅力の一つだと感じた。

　そして……彼女の言葉を聞いていて、俺はなぜだか、俺自身を〝肯定〟してもらったような気がしたのだ。

「……俺はさ」

　俺が口を開くと、エーリカは距離が近くなりすぎていたことに気づいたようで「わっ」と小さく声を上げながら俺から離れた。そして、「ん？」と首を傾げる。

「思春期の頃からずっと、魔力量が多かったせいで、性欲も強くて……毎日リュージュ姉さんに隠れてオナニーしてた。エロいことには興味津々《しんしん》だけど、実際に女の子を目の前にすると、傷つけるのが怖くて、思ったようにコミュニケーションが取れなくて困った。このコッドピースだって、パーティーのみんなに勃起がバレないように着けてるんだぜ？」

俺は乾いた笑いを漏《も》らして、言った。

「俺は……ずっと、性に翻弄《ほんろう》されてきたんだ、今まで。だから……」

エーリカの目をじっ、と見てから、俺は小さく頭を下げた。

「ありがとう。エーリカに会えて、君の言葉を聞けて……俺は、自分が思うよりも変じゃないのかもしれない、って思えた」

エーリカは深く息を吸い込んで、俺を見る。

そして、おろおろと困ったように視線を彷徨《さまよ》わせた末に、両手で、俺の両手を掴《つか》む。

「わ、私も……」

エーリカは一生懸命な表情で俺の目を見つめながら言った。

「私も、ま、毎日、してるから……！」

「……えっ？」

何が何だかわからずにぽかんとしている俺に、エーリカはさらに大きな声で言う。

「お、オナニー！　私も毎日し、してるから！」

「ええ……!?」

エーリカが毎日オナニーを!?

俺の手を摑むエーリカの力が強くなる。

「し、しかも、わ、私には魔力なんてほとんど、な、ないんだよ！　魔力もないのに、ま、毎日ムラムラして、オナニーしてるんだよ！」

「ま、毎日ムラムラしてオナニーを……!?」

エーリカが!?

コッドピースの中のおちんちんが爆発しそうだった。突然のカミングアウトに興奮が止まらない。

「し、しかも！　な、七歳の時から、だよ！」

「ええ!?」

大体、俺がオナニーを覚えたのと同じ頃だった。

「だから……だから……！」

エーリカはなんだか泣きそうな顔で俺の両の目を見てから……突然、俺にがばっ、と抱きついた。ぎゅう、ととんでもないボリュームの胸が俺の胸に押し当てられる。エーリカの右手が、俺の頭に触れて、そのまま、髪の毛をくしゃくしゃと撫《な》でた。

そして、耳元で、エーリカが言った。

「……大丈夫だよ。アベルくんは、ふ、普通の……ちょっとえっちなだけの、男の子だよ……」

エーリカの言葉に、涙腺《るいせん》が緩《ゆる》むのを感じた。それをごまかすように、俺は軽口で返す。

「あんまり、耳元で囁かないでもらえるか……？　その……興奮しちゃうから」

「え？　……ふふ」

エーリカの反応は俺の思ったものとはまったく違った。ぎゅう、と腕に力を込めて、俺をさっきまでよりも強く抱いた。

そして、耳にくっつきそうなほどまで口を近づけて、彼女が言う。

「……いいよ？　興奮しても」

「ワァ!?」

俺は慌ててエーリカの身体を押して、彼女から離れる。

危うく声だけで射精するところであった。というか多分ちょっと出た。

「年下男子をからかうなよッ!!」

「んはは、て、照れ隠し、するからだよ……？」

「ぐぬぬ……」

すべてがバレていた。やはりこのお姉さんには勝てそうにない。

「ご、五回目の儀式……が、頑張ってね」

エーリカはそう言ってにこりと微笑んだ。俺も、力強く頷く。

「ああ、頑張る」

「あ、あと……お水、たくさん飲ませてあげてね」

エーリカが慌てて付け加えるのを聞いて、俺は改めて、大きな疑問が頭に浮かぶ。

「……やっぱり、あれっておしっこなんじゃないのか？」

俺が訊くと、エーリカは首をふるふると横に振った。

「ほとんどおしっこでできてるけど、おしっこではないよぉ」

「おしっこでできてるならおしっこじゃん!!」

やはり俺は今日、〝かなりおしっこに近い、おしっこではない何か〟をいっぱい飲むらしい。

しかし、決められていることなのであれば、やるしかない。

それに……。

先ほどスズカが潮を吹いた時のことを思いだす。

うん、大丈夫。

多分、俺はおしっこで興奮できる。


夜を迎え、アベルとスズカは自室にて裸で向かい合っていた。

まるで初めての儀式のときのような緊張感が、監視用のスフィア映像を通してもぴりぴりと伝わってくる。

「さっさと始めなさいよ……こっちだってヒマじゃないんだから……」

私は独《ひと》り言《ご》ちながら貧乏《びんぼう》ゆすりをした。

デスクの上には、今日中に処理しなければならない書類が山のように積まれている。

……正直、スフィア映像にかじりついて行為のすべてを見続ける必要があるのかと問われれば、答えはノーだ。

しかし、私は、この儀式を『ながら見』することはできないということをすでに知っている。

画面の中で、アベルとスズカがついに絡《から》み始める。

アベルがベッドに仰向《あおむ》けで寝転がり、スズカがアベルの顔をまたぐような形で下半身を彼の目の前に晒《さら》す。おのずと、スズカの顔の前にはアベルの性器がある、という姿勢だ。

いわゆる『シックスナイン』というやつだ。誰が言い出したのか知らないが、記号として妙にわかりやすい命名だと思った。

二人は、懸命に互いの性器を触ったり舐めたりしていた。アベルがスズカの性器に指を入れて、彼女の弱い部分を刺激しながら、クリトリスを舌《した》で刺激している。

……身体が熱くなってくる。

映像越しに見るあんな体位は、言い方は悪いが〝非常に間抜《まぬ》け〟な体勢だと思った。だというのに、彼らの性行為は、なぜだか私の本能に直接、性的な欲求を訴えかけてくるような感じがする。

気がつけば、彼らの行為を見ながら、私は下着の上から自分の秘部を指で擦っていた。ショーツはすでにびしょびしょになっている。

『あっ……くっ……！』

『ぢゅっ……んっ……じゅるっ……ぷはっ……あっ……あんっ……！』

映像と共に聞こえてくる二人の乱れた声が、まるで脳みそを直接くすぐってくるようだった。

私は二人の性行為をスフィア越しに見ているだけだというのに、まるで自分がその中に混ざっているかのような興奮を覚える。

気持ちが良い。快感が高まってくる。でも、一人ではイきたくない。彼らと同時に、イきたいのだ。

加減をしながらカリカリと下着の上から、勃起したクリトリスを刺激する。

早く、早く。もっと、気持ちよくなりたい。気持ちよくさせてほしい。

早く……！

「鬼の秘書官も自慰《じい》行為に耽《ふけ》ることがあるのですね」

「ひゃあ!?」

突然背後から声をかけられて、私は悲鳴を上げながら立ち上がった。振り返ると、そこにはいつの間にか入室したのか、アンリが怪訝《けげん》な表情で私を見ながら立っていた。

「ノックくらいしなさいッ！」

私が怒鳴ると、アンリは涼しい顔で言った。

「しましたよ、何度も」

「嘘《うそ》をおっしゃい。そんなのまったく聞こえませんでしたよ……！」

「いいえ、本当にしました、何度も。気配があるのにお返事がないので不思議に思ってお部屋に入った次第《しだい》でございます」

アンリがそう答えるのに、私は言葉を詰まらせる。

彼女がこんなことで嘘をつく人間だとは思っていない。それに、今まで彼女がノックをせずに秘書官執務室に入ってきたことは一度だってない。

ということは、本当に、私の耳にはノックの音が聞こえていなかったということなのか。映像を見るのに夢中になりすぎて？　映像の音は鮮明に耳に入ってきていたのに？

そんな馬鹿《ばか》な。それほどまでにあの映像を見ることに熱中していたという事実に愕然とする。

「お二人が四十八手を開始したことをお伝えしに参りましたが……不要だったようですね」

アンリはスフィアに映し出された映像を横目に、そう言った。私はバツの悪さを感じながら、机上《きじょう》に設置していた手拭《てふ》き紙で指先を拭く。

「そんなに良いものですか、性行為を眺めるというのは」

アンリは淡々《たんたん》と私に尋《たず》ねた。言外に「私はそうは思わない」という主張がありありと示されていて、私は眉間《みけん》に皺《しわ》を寄せた。

この状況でこんなことを言うのは説得力がないかもしれないが、私だって『エッチな映像を見るのが大好き』、というわけではない。

「覗《のぞ》き見が趣味というわけではありません。一般に流通するアダルトスフィアもいくつか鑑賞したことがありますが……私にとって、あまり面白いものではありませんでした」

「では、何故《なぜ》そんなに夢中になってご覧《らん》になっているのです」

アンリの質問はもっともであったが、私はその答えに困った。映像を見ながら自慰行為していたところを見られているのだ。今更《いまさら》、言葉で取り繕《つくろ》うつもりは一切ない。しかし……本当に、何故、自分がここまであの二人の行為を見るのに熱中してしまうのかが、わからないのだ。

「……そもそもは、儀式がつつがなく行われるのを監視するための措置《そち》です。しかし……その目的以上に、儀式を見ている自分の心身に熱が籠《こ》もる感覚があり、その理由は……私にも言語化ができません」

結局、わからないことを、わからないままに口にした。

そして、それと同時に一つの興味が湧《わ》く。

「あなたはこれを見ていて、なんとも思いませんか」

私が問うと、アンリは少しスフィア映像に近づいて、一切表情を変化させずにそれをまじまじと見た。

いつも表情を崩《くず》さない彼女にも変化が現れるのだとしたら、二人の性行為には何かしら〝他人を惹《ひ》きつけてしまう〟ような効果があるのではないかと思ったのだ。

しかし……アンリはしばらく映像を見つめたのちに、小さく首を横に振った。

「いいえ、何も。むしろ、どこか間抜けに思えます」

「……確かに、傍《はた》から見れば、間抜けに見える体位ですが」

夢中で性器を舐め合う二人を横目に、私はため息をつく。しかし、私の秘部は今もなお、疼《うず》き続けていた。

アンリは、ぽつりと呟《つぶや》くように言った。

「……これに関しては、私が〝不感症〟なだけかもしれません」

彼女の言葉に、私は首を傾げる。可愛らしい顔から、突然生々《なまなま》しい単語が飛び出して気圧《けお》された。

「不感症……？」

「もののたとえです。我が家門のメイドは純潔を守ることを義務付けられていますから、セックスの経験もありませんし」

「……というと？」

彼女の言わんとしていることを掴みかねる。

アンリは私をちらりと横目で見た後に、少し言い淀《よど》むように口をもごもごと動かした。それから、おもむろに言う。

「私にはわからないのです。愛だとか恋だとか……セックスだとかの、良さというものが」

そう言った彼女の口調はいつも通り淡々としていたが、どこか重みがあるような気がした。それが今まで彼女が積み重ねてきた人生の重みによるものなのか、それとも別の何かか、私にはわからない。

　私たちが話している間に、スフィアの向こうの嬌声《きょうせい》が大きくなっていた。映像に目を向けると、ちょうど、二人が絶頂する瞬間だった。

　アベルが腰を跳ねさせ、性器を咥《くわ》えているスズカの頭も揺れていた。そして、スズカの方も派手に潮を吹いていて、それをアベルが必死に飲んでいる。

　二人が体液を交換している様子を見ると、下腹部のあたりがじんじんと甘く疼く。羨《うらや》ましい、と思う。それからすぐに、「何が？」と、思った。

　今回の儀式は、二人の性的な体液で互いにお腹を満たす、というものだったはずだ。まだまだ回数が必要になるだろう。

「あれがサキュバス四十八手、ですか。にわかには信じがたいですが」

　アンリが言うのに、私も小さく頷く。

「私も最初は半信半疑でしたが……福音《ふくいん》は確実にもたらされています。今では最優先に進めるべき国策と認めざるを得ません」

「……そして私が雇《やと》われたわけですね」

「その通り。皇子の身辺護衛《ごえい》は我が国にとって……いえ、この世界にとって最重要ですから」

「そういうことであれば、私以外にも適任者がいるかと思われますが」

アンリの言葉に謙遜《けんそん》の色は含まれていない。本気でそう思っている、というのが私にも伝わってきた。

確かに、護衛という意味では、王国の騎士や、敏腕冒険者を付けた方が良いという考え方もある。しかし、彼らにはすでに彼らにしかできない仕事がある。

そして……国策に関《かか》わらせるからには、『機密保持』について信頼の置ける相手でなければならない。その点、メイドというのは基本的に財力のある人間に仕《つか》える職業だ。そんな彼女たちは今までも多くの『機密』に触れてきたはずだ。しかし、それが彼女たちから外に漏れることは絶対にない。それを守ることが、彼女たちの仕事の一部でもあるからだ。

「私は……私の考え得るなかで、最も〝適している者〟を選んだつもりですよ」

私がそう言うのに、感情の読めない表情で「そうですか」と言い、いつものようにスカートの裾《すそ》をつまんだ丁寧《ていねい》なお辞儀《じぎ》をする。

「引き続き、ご主人様の身の回りのお世話と護衛はお任せを」

まるで機械と話しているようだ、と思わないでもなかったが……極限まで訓練されたメイドである証《あかし》とも言えるのかもしれない。

「ええ、頼みます」

私が頷くのと同時に、またスフィアから悩ましい声が聞こえてくる。

「……あ、またイッた」

　思わず私がそう漏らすと、アンリもスフィア映像を横目に見た。

「これ、何回イッたら終わりなんですか」

「さぁ……満腹になったら、だそうですが」

　私が答えると、アンリがぴくりと眉《まゆ》を動かしたのがわかった。感情表現に乏《とぼ》しい彼女のこういった反応は珍《めずら》しく、なんだか面白い。

「気色悪い儀式ですね」

　真顔《まがお》のままアンリがそんなことを言うので、私は吹き出しそうになるのをこらえる。

「やめなさい、二人とも真剣なんですから……」

「それが一番怖いんですが」

　それは、私もそう思う。しかし、こんな馬鹿げた儀式でも真剣に取り組むのが、アベルの良いところだともいえる。そして……この儀式は、ずっと性について苦しんできた彼にとっては、一つの救いだったのかもしれない、とも、思う。

　しかし……それを解放してやるのは私がすべきこと、いや、私がしたかったことだ。こんな、ポッと出のサキュバスに愛してやまないアベルの初体験を奪われたことは非常に腹立たしく……。

　おっと、いけない。また私怨《しえん》が心から溢《あふ》れてしまうところだった。

結局、二人が七回達したところでスズカの淫紋《いんもん》は光った。

私は胸の谷間に隠しているメモ帳を取り出し、「二人が体液のみで満腹になるためには七回の絶頂が必要」と書き込んだ。馬鹿げた文章に思えるが、次、いつこの情報が必要になるかわからない。

そして、私はスフィア映像に映るアベルの様子を、目を細めながら凝視《ぎょうし》した。

……今回も、だ。

いつも、儀式を終えスズカの淫紋が光ると、それから数秒間、アベルは放心状態になる。

意識があるのかないのかすら、傍目《はため》からはわからない……が、私にはそれがどうしても、〝何かと交信しているように〟見えて仕方がないのだ。

儀式の概要には、〝世界と、皇子に福音がもたらされる〟とあった。あの一瞬の放心は、福音に関する何か、なのだろうか。

やはり、注意深く経過を観察する必要がある。

「アンリ、二人の様子を……」

見てきてください、と言おうと振り返るが、彼女はすでに部屋にいなかった。

「……〝完全無欠の橘《たちばな》家〟、ですか」

メイドの名家、橘家。その最後の子供、橘アンリ。

タイミングよく彼女を雇うことができたのは良かったが、やはり、その仕事ぶりには不気味さすら覚える。

しかし、その徹底した仕事ぶりによってアベルが守られるのであれば、私にとっては、それでいい。

「………」

彼女が退室し、部屋に残ったのは、「めちゃくちゃ事後」という雰囲気《ふんいき》で横たわる二人を映すスフィアと、山積みの書類。そして、ちょっと冷たさを感じるくらいに湿った私のショーツ。

「はぁ………」

アベルのことばかり考えているわけにもいかない。スフィアの映像を切る。

先ほどまでの身体の火照《ほて》りもすっかり冷めて、下着が濡れているという不快感だけが残っていた。

ショーツを脱ぎ、スペアのものに穿《は》き替えてから、私は書類の山の一番上から一枚ずつ内容を確認し始める。

秘書官の夜は長い。そして……今では、私がアベルの〝保護者〟でいられる時間は、あまりに短い。


「じゃ、じゃあ……お風呂、入ってくるから。あんたはそのままでいいわけ？」

「おう、当分動けないし、気にしないで風呂入ってきてくれ。あ！　その前に水いっぱい飲めよ。ほら……いっぱい出したし……」

「う、うるさいわね！　言われなくても飲むわよ……じゃあ、またね」

なんだかいつもよりしおらしくなったスズカが、部屋を出ていく。

俺はといえば、七回の射精の末、魔力をほとんど使い果たしてベッドの上で全裸《ぜんら》のまま寝転がっていた。

口周りと、股間周りだけ妙にスースーする。

儀式を終えた後は、決まって、頭の中にもやがかかったような感覚がある。魔力切れがそうさせるのだろうか。

何かを思い出したのに、そのそばから、それをあっさり忘れてしまった……というような、なんだか寂しい感覚が、頭を支配する。

「ご主人様、失礼いたします」

ドアのノック音と声が聞こえ、アンリが部屋に入ってきた。俺はもうほとんど身体を動かせなかったので、彼女が俺の視界に入ってくるまで数秒かかった。

なんだろう、素っ裸でベッドで大の字になっているところを女の子に見られるのには未《いま》だに抵抗がある。

「……恥ずかしいからあんまり見ないでくれますか……」

「恥ずかしいことなど何もございません」

「いや、裸だし……ベトベトだし……」

「ご立派《りっぱ》でございます」

そう言うアンリの視線が一瞬チ●ポに向いたのを俺は見逃していない。べとべとで、力なく「くてっ」となっているおちんちん君をあんまり見ないでほしい。

アンリは持ってきた桶《おけ》の中の湯に、やわらかいタオルをつけて絞《しぼ》った。

そして、俺の身体を拭いてくれる。

「……前も言ったけどさ、こんなことまでしてくれなくてもいいんだぞ」

俺が言うのに、アンリは平坦《へいたん》な声色《こわいろ》で答えた。

「お身体、動かせないのでしょう。セックスで魔力が尽きることなんてあるのですね」

「う、うん……俺も最近まで知らなかった。あっ、そこはそんなに拭かなくていいですぅ」

温かく湿ったタオルがおちんちんに触れて、情けない声が出てしまう。

「性交後の不始末は性病のもとですよ」

「性病……はちょっと困るな……」

「ええ、ですから。迅速《じんそく》に、そして丁寧に」

「うっ……！」

「ちょっと勃《た》ってますね。魔力が切れるほど射精した後なのに」

「言わなくていいよ……」

俺が照れながら言うのに、アンリがくすっと鼻を鳴らしたような気がした。

驚いて視線を彼女に向けるが、アンリはいつもの無表情だった。

「……？　どうかなさいましたか」

「いや……なんでもない」

「そうですか」

相変わらず俺は、アンリの感情や、心の内をほとんど知れずにいるような気がする。

別に、それでもいいのかもしれない。彼女はリュージュ姉さんに雇われて、給金をもらい俺の世話と護衛をしているに過ぎないのだから。

でも……やっぱり、彼女が感情を出すところを、見たいと思ってしまう。

まだ付き合いが浅いのに、俺はすでにアンリのことを好ましく思い始めていた。

それは、彼女がとても可愛くて美しいからという単純な理由からかもしれないし、もっと別の何かのせいなのかもしれない。自分でも、わからない。

「なあ……アンリってさ、笑ったり、しないのか？」

そんな言葉が、ぽろりと口から零《こぼ》れてしまう。

アンリは一瞬きょとんとしたのちに、言った。

「ご要望であれば」

そう返ってくるのはわかりきっていた。

「いや、そういうことじゃないんだ」

「……私が笑いたいとき、ということでしょうか」

「そう、そういうこと」

俺が以前脱衣所で話したことについては、覚えていてくれているようだった。少し安心する。

「……すみません、感情の表現があまり得意ではなく」

「そっか、そういうこともあるよな」

「しかし、笑顔を作ることは教育されておりますし――」

「本当に、いいんだ」

彼女の言葉を遮《さえぎ》って、俺は苦笑する。

「余計なことを言っちゃってすまない。ただ……」

俺は、思ったままを口にする。

「君が自然に笑ってるところを、見てみたいだけだよ」

俺がそう言うのに、アンリは困ったように目を泳がせた。無表情ながら、困っていることだけははっきりとわかる。俺はさらに申し訳ない気持ちになった。困らせたくて言っているわけじゃない。

「ごめん、ごめん、気にしないでくれ」

「……すみません、ご期待に応《こた》えられず」

「謝らないで。俺が悪い」

「……身体、最後までお拭きしますね」

「ありがとう」

それからは互いに無言だった。アンリが優しく身体を拭いてくれるのが、心地いい。

彼女にも、これまでの人生があって、その結果、表情が乏しくなったのだとしたら、俺の希望で今更どうこうしてもらおうという気はない。そして、笑わない彼女に魅力がないなんて話でも、当然ない。

このままでもいい。そう思った。

全身を丁寧に拭き終えて、アンリは俺にかけ布団《ぶとん》をかけてくれる。

そして、いつものように丁寧なお辞儀をした。

「それでは、本日はごゆっくりお休みください。ご主人様の睡眠中は私がしっかりと護衛させていただきます」

「アンリもちゃんと寝てくれよ。徹夜で護衛されたんじゃ、君が心配で眠れない」

俺が慌ててそう言うと、アンリはまたも少し困ったように首を傾げた。

「……それは命令ですか」

「ああ、命令だ」

本当は命令なんて一つもしたくないのだけれど、彼女が命じられることを求めているのであれば、そうするほかないと思った。

アンリは再び、困ったように視線を床のあたりで彷徨わせたのちに、頷いた。

「ご命令とあらば、全身全霊《ぜんしんぜんれい》で休ませていただきます」

「ああ、そうしてくれ……」

なんか大げさだなぁ、と思うが、彼女がきちんと休んでくれるのであれば俺も安心できる。

俺はおもむろに目を閉じた。いや、目を閉じたというより、自然と瞼《まぶた》が落ちてきた、というほうが正しい。魔力切れで、体力も限界だった。

「……おかしなご主人様」

アンリが小さく呟くのが聞こえた気がした。

「それでは、ごゆっくりお休みください」

アンリがそう言って部屋の扉から出ていく。返事はできなかった。もう、舌一つ動かせる気がしない。身体がドロドロに疲れきっていると、本当に簡単なこと一つできなくなってしまうんだなぁ、なんてことを考える。

入眠する寸前、かなり遠くで何かが爆発するような音が聞こえた気がしたが……やっぱり、目を開くことはできず、俺はそのまま眠りに落ちた。

●幕間　爆発と宝石とバニー

「ワハハハ！　宝石を盗んだ上に店を爆破してやったわ!!!」

夜の城下町を、高笑いしながらお姉ちゃんが駆けてゆく。私も、その後を上機嫌で追いかける。宝石のたんまり詰まった袋を抱えていても、お姉ちゃんの足は速い。

「盗品ばかりを扱う宝石店から宝石をぜ～んぶ奪った上に、近辺の建物には一切傷をつけないように計算し尽くした爆破！　こんなにスマートな悪事があっていいのかぁ～!?」

「さすがお姉ちゃん。完璧《かんぺき》な作戦、完璧なワル……！」

私がぱちぱちと手を叩《たた》くと、お姉ちゃんは照《て》れたように頬《ほお》を緩《ゆる》ませる。

「そう褒《ほ》めるな！　作戦立てたのも爆破したのも全部サリーだ!!」

そう、作戦を立てるのも、難しい作業をするのも、いつも全部私。でも、それはお姉ちゃんが「やれ」と言ってくれるからできることなんだ。

「でも指揮をとったのはお姉ちゃん！」

「トップダウンというやつだな！　ワハハハ!!!」

お姉ちゃんが満足げに笑うと、私も嬉《うれ》しい。

お姉ちゃんが抱える袋の口がちょっとだけ開いていた。私は走りながら、さりげなく口を縛《しば》る紐《ひも》を結《ゆ》わえなおす。

「お姉ちゃん、そっちの袋に入っている宝石はとっても貴重だから、絶対に落っことしたらダメだよ」

「当たり前なことを言うな、サリー！　今回の目玉は『破魔《はま》の宝石』だからなぁ！　こいつを手に入れるためにはるばるアセナルクスまでやってきたんだ！　ワハハハ！」

そう言う割に袋の口が開きかけてて、あのまま走り続けてたら絶対に宝石を落としていたお姉ちゃん、可愛《かわい》い。

大丈夫、お姉ちゃんのミスは全部私のミス。そのミスが発生しないように先回りできなかった私が悪い。つまり、私がいる限りお姉ちゃんは絶対にミスをしないってこと。

「目的のものをちゃんと手に入れるお姉ちゃん、かっこいい……！」

「そう褒めるな！　ワハハハ!!!」

悪事が成功した夜はとっても気分がいい。なぜなら、一番、お姉ちゃんのカリスマを感じられる瞬間だから。

そして、宝石を手に入れるたびに、お姉ちゃんはさらに強くなる。強くなって、かっこよくなって、彼女の求める〝悪〟を体現していく。

私は、それを一番近くで見られれば、それだけでいい。

全力で走るお姉ちゃんの、トレンチコートの裾《すそ》がばたばたと揺れると、その下の〝バニースーツ〟がよく見える。悪いことをした夜は、お姉ちゃんのバニー姿がひときわ輝いて見えるんだ。

今頃宝石店の爆発であの辺《あた》りは大騒ぎになっているはず。けれど、あの店を爆破してから、私たちは誰一人ともすれ違っていない。

完璧なルート。完璧な逃走。

私たちの悪事は、こうじゃなきゃいけない。

「このまま、確保しておいた潜伏《せんぷく》先まで走るぞ、サリー‼」

お姉ちゃんが可愛らしい前歯を見せながら笑った。

「うん！　お姉ちゃん！」

この調子なら、予定していた潜伏先までは難なく到着できそうだった。王都アセナルクスといえば中央大陸の中では最も栄える都市。警備も厳重かもしれないと警戒《けいかい》したけれど、大したことなかった。

あとは数日間潜伏して、こんな派手《はで》な街とはおさらばだ。

お姉ちゃんに連れられてあの場所を出てから、一度だって同じ場所に長く留まったことはない。でも、へっちゃらだ。

お姉ちゃんと一緒なら、どこだって、最高の遊び場になるから。

「楽しいなぁ！　サリー!!」

「うん！　お姉ちゃん！」

メンバー二名の秘密結社〝ティッキンズ〟は、いつだって、止《とど》まることなく駆けている。

そして、完璧に仕事をこなして、夜の闇《やみ》に紛《まぎ》れてクールに消えてゆくんだ。

秘密結社〝ティッキンズ〟

サリー

秘密結社
〝ティッキンズ〟の
参謀。
ロッティのことを
姉のように慕う
18歳。

ロッティ

秘密結社
〝ティッキンズ〟の
リーダー。
悪いことが大好きで
ちょっとおバカな
22歳。

「これは…………」

リュージュ姉さんはかつてないほどに眉間《みけん》に皺《しわ》を寄せて、俺とスズカが用意した〝第六手の概要〟が記された紙を見つめていた。儀式の内容が記された巻物そのものは他人に見せてはいけないことになっているから、毎回、面倒《めんどう》ながらこういう形をとっている。

そして、今回は内容を確認してすぐに、俺とスズカは「二人だけでは手に負えない」と判断して、リュージュ姉さんの意見を聞きに来たのだった。

と、いうのも。

「やっぱ……難しいですよね」

俺がリュージュ姉さんの顔色を窺《うかが》いながら訊《き》くと、彼女は何も答えないまま、眼鏡《めがね》のフレームをぐい、と押し上げて、改めて紙に書かれた内容を読みなおしていた。

リュージュ姉さんが絶句している姿など、ほとんど見たことがないような気がする。彼女のただならぬ様子に、俺もスズカも押し黙ってしまう。

リュージュ姉さんを含め、この場の全員を黙らせてしまう儀式の内容とは……。

《第六手》ウシロヤグラ

・一千名以上に見られながら、皇子《おうじ》と巫女《みこ》が指定の体位で交わる。
・皇子が巫女の膣《ちつ》内に射精し、それと同時に、見ている一千名もイかせることができれば、淫《いん》紋《もん》が起動し、第六の福音《ふくいん》を得る。

「俺、書いてあることが全然わかんなくてさ……」

「いや、書いてあることはわかるでしょ」

「一千名って何人？」

「一千人……でしょ」

スズカは俺の言葉に冷静に返してくるが、だんだんと表情が険しくなってゆく。

「つまり、一千人に見られながらセックスして、その一千人を俺たちと同時に絶頂させるってことだよな……？」

俺が言うのに、スズカは険しい顔のまま頷《うなず》く。

「そう……いうことになるんじゃないかしら」

「そんなことは、許可できません」

俺とスズカの会話を、リュージュ姉さんが震える声で遮《さえぎ》った。

思わぬ言葉に、俺はたじろぐ。

「難しい」ならわかる。俺たちもそう思ったからリュージュ姉さんに相談をしに来たのであって……。「許可できない」と言われるとは思ってもみなかった。

「いや、でも……書いてあるからにはやるしかないですよね……？」

俺が訊くのに、リュージュ姉さんは苦虫を嚙《か》みつぶしたような表情で頷く。

「それは……確かに、そうです」

「じゃあやるしか……」

「しかし、ダメなものはダメ!!」

突然リュージュ姉さんが大声を出したので、俺もスズカもびくりとする。

「だ、ダメなのぉ？　だって、サキュバス四十八手はもはや国策なんですよね……？」

俺が困惑《こんわく》気味に食い下がると、リュージュ姉さんはギロリと俺を睨《にら》みつけて、堂々と言った。

「国策だからと言って、なんでもやっていいわけではありませんッ!!」

「エーッ!?」

全国の冒険者のチンポの型をとったのに!?

「この世には『倫理観《りんり》』という言葉があるのです!!」

育てた息子のチ●ポをしゃぶったのに!?

リュージュ姉さんから出たとは思えない言葉の数々に、目が白黒する。

「いいですか、まずアセナルクスの法では『公衆の面前で性器を露出《ろしゅつ》すること』は禁じられています。性行為など以《もっ》ての外！　国策だからといって明らかに法律を無視したイベントを国主導で行えると思いますか？」

捲《まく》し立てるようにリュージュ姉さんが言う。

いや、さすがに俺だって彼女の言うことを理解できないわけじゃない。当然「お外で千人もの人に見られながらセックスしても問題ないよね!?」と訊いているのではない。

問題があることがわかりきっているから、どうすべきか相談しているのだ。

「それは……わかるけど……いや、待てよ。じゃあ俺らが勝手に、突然やったってことにして、あとで国の警備隊に『逮捕だー!!』って乱入してきてもらうとか……で、実際の刑には処されないという感じで……」

俺は苦し紛《まぎ》れの提案をしたが、リュージュ姉さんは「話にならない」というふうに手を左右に振った。

「突発的にそんなことをして、千人も観客が集まると思いますか。そもそも千人も人が集まれる場所など限られています。それほど開放的な場所でセックスなどしてごらんなさい。街が大混乱になります。それに！　スズカ様はサキュバスですよ!?　街の真ん中でサキュバスが裸《はだか》で性行為していたら、騒ぎになるどころの話ではありません。さらに言えば！　千人の人間があなた方のセックスを見てイかなくてはならないということは、千人の人間が同じ場所に集まってシコるってことですよ!!　この世の終わりみたいな光景を王都内で見ることになりますッ!!」

「はい……ダメなのはわかりました……すみません……」

謝りながら、俺は内心「あ、この人にもちゃんと『常識』があったんだなぁ」と実感する。いや、もとより、秘書官になってからのリュージュ姉さんは冷静な大人という印象があったはずなのだが、最近の彼女はなんかいろいろとハチャメチャだったので……。

ともあれ、やはり、リュージュ姉さんの言うことはもっともだ。この儀式を成功させるためには、現実的な問題が山ほどある。それをなんとか解決できないかと彼女に相談しているわけではあるのだが、あまりに問題が大きすぎるということなのだろう。

しかし、だからといって諦《あきら》めるわけにもいかない。なんとか、法律を逸脱《いつだつ》しない範囲で、実現する方法を考えないことには、四十八手を進められなくなってしまう。

うんうんと唸《うな》りながら、何かないかと考えていると。

「……あ！」

俺は一つの案に行き当たった。それは、俺にとっては馴染《なじ》み深く、今までの人生を支えてくれたもの……！

「アダルトスフィアは……どうだろう」

俺が言うのに、リュージュ姉さんはハッと息を呑《の》んだ。

しかし、隣のスズカは「アダルトスフィア……？」と怪訝《けげん》そうな顔をしている。

「アダルトスフィアっていうのは……セックスが録画されたスフィアのことだ」

俺が極《きわ》めてシンプルに説明すると、スズカは少し顔を赤くしながら「あー……」と、合点《がてん》がいったように頷いた。

アダルトスフィア、それは多くの男……いや、男のみならず、女もだろう。エッチなことに興味津々《しんしん》な人たちを救ってくれるありがたい媒体《ばいたい》だ。

録画された映像の中で、様々なシチュエーションで、男優と女優がセックスや、それに類する淫《みだ》らな行為をするのだ。そして、それを見ている人たちも、その興奮《こうふん》を共有するというわけだ。

「アダルトスフィアに俺とスズカのセックスを記録して、それをなんとか千人に配って、見てもらうっていうのは……」

俺はそこまで言って、その先の言葉に詰まる。

思いついた時は名案だと思ったが……口にすることで問題点が明確になった気がした。

スズカも、俺と同じように難しい顔をしながらかぶりを振った。

「書き方からして、この儀式はリアルタイムで行わなければならないんじゃないかしら。それに……もし仮に録画でいいとしても……その人たちがいつスフィアを鑑賞して、いつイくかなんて統一できないでしょ？」

「それもそうだよな……もし鑑賞の時間を厳密に指定して配ったとしても、俺なら我慢《がまん》できなくて帰ってすぐに見ちゃうもんな……」

「早漏《そうろう》の男性の場合、あなたたちの絶頂よりも早くイッてしまう可能性もあります」

トンチキな話し合いが繰り広げられる。トンチキに見えて、真面目《まじめ》な検討だ。

「ああ……そういえば」

リュージュ姉さんが何かを思い出したように口を開き、眼鏡をクイ、と押し上げる。

「……アダルトスフィア・パブリックビューイングという催《もよお》しが、法の穴を掻《か》い潜《くぐ》って存在しているのをご存じですか」

「アダルトスフィア・パブリックビューイング……!?!?」

あまりに強い文字面《づら》に俺は気圧《けお》される。

リュージュ姉さんは冷静に頷いた。

「ええ。アダルトスフィアを、大人数で、同じ空間で見るという娯楽《ごらく》です」

「な、なにそれ……こわい……」

その場面を想像して、身震いがした。どういう空間？

「当然、そこで全員がシコってしまっては法に引っかかります。ですから……『シコらずに観《み》る』のが規則です」

「なにそれ！　何しに来てんの⁉」

逆に怖い‼

怯《おび》える俺とは対照的に、リュージュ姉さんは淡々《たんたん》と語る。

「私も一度素性《すじょう》を隠して参加しましたが、興味深い催しでした。〝紳士〟たちがエロに対して〝真摯《しんし》〟に向き合い」

「うるせぇな、なんで参加してんだよ。倫理観はどうした」

「芸術作品を見るようにアダルトスフィアを鑑賞し、そして感想を言い合うのです。ワインとか飲みながら」

「なんかもう全然わかんない……」

俺は頭がくらくらしてくるのをこらえながら、浮かんだ疑問をリュージュ姉さんにぶつける。

「というか、シコるの禁止って言ったって、さすがに勃起《ぼっき》くらいはしちゃうでしょう。それはセーフなんですか？」

「着衣していればセーフです。私は女性ですので、ちょっとイッてもバレやしませんでしたし」

「ちょっとイクなよ」

倫理観について説教されたの、ちょっとムカついてきた。法律スレスレの催しにお忍びで参加してるんじゃねぇよ。

しかもちょっとイクくらいには興奮しながら映像を見たわけで……。

そこまで思考が及んだ瞬間に、俺はハッとした。リュージュ姉さんも、同じタイミングで、深く息を吸い込んだのがわかった。

俺とリュージュ姉さんは、同時にパチン！　と指を鳴らす。

「ノーハンド!!」

俺たちが大声でそう言うのに、スズカは頭の上に「?」を浮かべた。

「つまりシコらせなきゃいいんだ!!」

俺が興奮気味に言うが、スズカは相変わらずわけがわからないというように眉《まゆ》を寄せている。

「シコらせずに、イかせるってこと!!」

「それくらいエロい映像を見せればいいのです。あなた方のセックスにはそれくらいの画力――えぢから――があります!!」

なんかリュージュ姉さんもめっちゃ前のめりになりながら俺に続いて言う。

彼女は何度もうんうんと頷きながら、不気味に口角を上げている。

「だいぶ固まって来ました。アダルトスフィア・パブリックビューイングの形式であれば、今までの『法スレスレ』の形式をそのまま転用できますし、国として裏から根回しすることも可能です」

リュージュ姉さんは道が見えてきた、と言わんばかりの様子だが、スズカはまだ納得がいっていない顔だった。

「ちょっと待って。ノーハンド云々《うんぬん》はさて置くとして、それだと結局アダルトスフィアに録画する形になっちゃうわよね。根本的な問題は解決してないんじゃ？」

スズカの言うことはもっともで、ノーハンドという案は「催しを法律内スレスレにおさめる」という要件を満たすにすぎない。結局、リアルタイムでセックスを見せなければならないという一番大きな問題は解決していないのだ。

「通信スフィアを使って生《なま》放送するのはキビシイんですか」

俺が訊くと、リュージュ姉さんはすぐにかぶりを振る。

「スフィアを介《かい》したセックスの生配信も、同じく法で禁じられています。『アダルトスフィア』の流通が許されているのは、あくまでそれが『創作』の体《てい》をとっているからです。欲望を発散するためのエンターテインメントと、性行為の垂《た》れ流しでは意味がまったく異なる。それに、生配信では、局部に修正を入れることもできませんしね」

「なるほど……それが『公序良俗』ということか」

曖昧《あいまい》とも言える線引きだが……俺には、リュージュ姉さんの言わんとしていることはなんとなく理解できた。

『創作であり、エンターテインメントである』という原則の元に製作されたものと、ただセックスを録画したものでは、やはり、映しているものに対する感じ方がまるで違うように思える。一般人同士のセックスを生配信するのは、かなり拡大解釈すれば、野外でセックスしてる人を見てしまうのと同じとも言えてしまうのではないか。

映っている人は『男優』と『女優』であり、演技を専《もっぱ》らとする人たち。そして、そんな彼らが性行為に及ぶ『ストーリー』に沿った『創作物』が、アダルトスフィアなのだ。

創作物であるからこそ、現実に当てはめずに楽しめる。そして、そういうものだからこそ人々の生活の風紀を大きく乱さずに済んでいる。

きっと、リュージュ姉さんが言っているのはそういうことだ。曖昧でありつつ、おろそかにはできない一線。

しかし、そうなると結局振り出しに戻ってしまったのではないか。

パブリックビューイングの形であれば、ギリギリ法律の範疇《はんちゅう》。しかし、生放送となるとダメ。結局『リアルタイムでセックスを見せる』という儀式においての大前提が、法律に当てはめると最も許されざる部分なのだ。

「ふふふ……」

突然、リュージュ姉さんが低い声で笑いだしたので、ぎょっとする。

不敵な笑みを浮かべながら、彼女は言った。

「やはり、パブリックビューイングの案に行きついたのは僥倖《ぎょうこう》でした。突破口はもう見えています」

「と、突破口……？」

「法律にも穴はあるんですよ」

「法律作る側の人が絶対言っちゃダメな発言だろ」

「つまるところ……完璧《かんぺき》に『アダルトスフィア』に見えれば、いいというわけです」

「……？」

リュージュ姉さんの言葉の意図を掴《つか》みかねて首を傾《かし》げる俺たちをよそに、リュージュ姉さんは活路を見出《みいだ》したかのように手をパン！　と打った。

「険しい道のりになります。しかし、不可能ではない。行くべき道が見えたのなら、ひた走るのみです！」

リュージュ姉さんは妙にやる気に満ちた声でそう言って、俺とスズカを交互に見た。

「それでは、準備を始めましょう。パブリックビューーッ！　イングの」

「変なところに『！』入れんなよ」

5章 ◆ 巨匠と裸とモザイク

Succubus 48 technique

「お国が金出してアダルトスフィアを作るだぁ～!?」

俺の憧《あこが》れの男、死ぬほどお世話になったクリエイターが、唾《つば》を飛ばす勢い……いや、実際に唾を飛ばしながら怒鳴った。

俺の顔にかかった彼の唾を、アンリがハンカチで拭《ふ》いてくれた。そんな、唾を飛ばした本人の目の前で拭くのは失礼にあたるのでは、と思ったが、当のアンリはすました顔だ。

「帰れッ!!　アダルトスフィアは欲望とパッションで作るもんだ！　国の指図受けながらなんか作れるかい!!」

リユージュ姉さんから事前に聞いていた通り、伝説のアダルトスフィア監督『オシルモ・デル・モロ』は職人気質《かたぎ》の頑固《がんこ》おやじ、という感じだった。

……そんなところも、かっこいい。

彼の作ったアダルトスフィアには、何度お世話になったことかわからない。アダルトスフィアを購入できる歳《とし》になってから発売された作品は、すべて購入している。

そんな憧れのクリエイターを目の前にして、ミーハーな気持ちが湧《わ》いてしまうことは許してほしい。が……今は、真剣に交渉《こうしょう》をしに来ているのだ。

　俺はすでに、彼にリュージュ姉さんから預かった書簡を渡している。それは、リュージュ姉さんの作成した代理書類ではあったものの、実質、『国王からの勅令《ちょくめい》』を記したものにほかならない。アセナルクスの国民であれば、これを断ることなど許されない。

「しかし、これは国王からの命《めい》です。従っていただかなくては――」

「黙れッ！　従わなきゃ死刑か!?　なら死んでやらぁ!!」

　俺の言葉をさえぎって、デル・モロ監督は怒鳴り上げる。

　こ、困った……。とにかく、気に食わないということらしい。少なくともその理由くらいは聞かないことには交渉も何もない。

「な、何がそんなに気に入らないのでしょう」

「何もかもだ!!　なァんで俺がお国のためにスフィアを作らなきゃなんねぇんだ！　アダルトスフィアは日々を懸命に生きてるヤツらのために作るもんだ！　それに、男優と女優の指定まで入れてきやがって、どっちも素人《しろうと》だろうが！　俺の作品を穢《けが》す気かよ、冗談じゃねぇ!!」

　デル・モロ監督は右足で床を何度も蹴《け》りつけて、カンカン！　と音を立てた。靴にしてはおかしな音だと思いちらりと見ると……右脚《あし》の先が、義足になっているのがわかった。俺は息を呑《の》みそうになるのをこらえる。

「大体お前!!　世界を救うだかなんだか知らねぇが、俺のアダルトスフィアは見たことあんのかよ！　それに出演するのがどういうことか――」

「見てますッ!!」

気づけば、今までのやり取りなどすべて忘れて、俺は声を上げていた。彼のアダルトスフィアを見たことがないだなんて、とんでもない！

突然俺が大声を上げたので、デル・モロ監督ははじめて、少したじろいだような様子を見せた。

「ストーリー重視のアダルト映画作品も、『24時間挿《い》れっぱなし』シリーズも全部持ってます!!　単発作品の『俺のメイドがあの手この手で中出しさせてくる』と『サキュバスが実在するなら、それは姉のことだ』にも何度お世話になったことかッ！」

「おう、マジか、お前……」

「監督の作品はストーリーとエロの絡《から》み方が絶妙で、エロに入るまでの間に長すぎず、短すぎない演者同士の掛け合いが入ることでよりエロパートに興奮《こうふん》することができます。そして、何より素晴らしいのがカメラワーク!!　二人の生々《なまなま》しいセックスを映しながら、俺たちが『ここはドアップで観《み》たい！』と思う瞬間に、狙《ねら》ったようにカメラを寄せてくれる……！　毎回〝理《わ》解《か》られ〟すぎてて感動しちまう！」

「おう、わかった、わかったよ……」

「そして、一番アツいのが射精シーン!!　『イクッ！』と言うだけ言って出たのか出てないのかもカメラ越しじゃよくわからんままスポッと抜いちまうスフィアが多い中、監督の作品は射精シーンに迫力と生々しさがあって、まるで自分がその場で射精してるような気持ちになるところが」

「わかった！　オメーが俺の作品を見てるのはよ〜〜くわかったッ!!」

デル・モロ監督が俺の熱弁を遮《さえぎ》る。

い、いけない……めちゃくちゃ早口になってしまっていた気がする。

「勝手に見てねぇと決めつけたのは悪かった」

監督は小さく頭を下げてみせる。

「……が、それとこれは話が別だ。俺は素人使って作品撮る気はねぇんだ。それに、スフィア作って世界を救うってのも意味がわからん。国のために作品作らされるのも納得いかねぇ。だからこの話は断らせてもら──」

「ま、待ってください!!」

今度は、俺が監督の言葉を、失礼を承知で遮る。

どうにも、こちらの熱意が伝わっているように思えないのだ。

「生半可《なまはんか》な覚悟でお願いしに来たわけではないんです。監督の仰《おつしや》ることも、理解できます。その上で、改めて、お願いします」

監督の言うこともわかる。あれほどこだわった脚本やカメラワークでスフィアを撮る職人だ。素人を使いたくないことくらい、俺にだってわかる。そして、国からの命令で作る気はないということも、わかった。

けれど……彼は、俺たちがどれほどこの儀式に真剣であるかを知らない。渡された書簡に目を通すスピードから考えても、この儀式の重要性をきちんと理解してくれたとも考えづらい。

すべてを伝えずに、一度強く断られたからといって引き下がることはできない。

俺は両膝《ひざ》をつき、その場で土下座《どげざ》した。

「世界を救うために、監督の力が必要なんです。あなたの力がなくては、世界の危機を救えないんです!!」

本気を示す方法を、俺はあまり知らない。気がつけば、この姿勢を取っていた。これですべてが伝わるとも、思っていない。でも、まずはこうしたい、こうするべきだと思ったのだ。

デル・モロ監督はしばらく黙っていた。俺は頭を下げ続ける。

「……とりあえず顔上げろや」

監督はため息一つ。そして言った。

「男がそう簡単に土下座なんかするもんじゃねぇ」

「……すみません。これ以外にどうしたらいいかわからなくて」

俺がそう言うのに、監督はフンと鼻を鳴らした。

そして、低い声で言う。

「……世界の危機なんてのは、いつものことだろうが」

彼は、苦々しい表情で言葉を続けた。

「この世が平和だったことなんざ、俺の覚えてる限りじゃ一度もねぇ。城下町はデカいバリケードに守られて栄えているように見えるが、それだって他の地域を犠牲《ぎせい》にした上澄《うわず》みだろうが。俺は長いこと国境戦線にいた。際限なく湧いてきて襲《おそ》いかかってくる魔物を倒し続ける日々。心の底から気を抜ける日なんて一度もなかった。しまいにゃ、遠国では人間同士で戦争を始めやがったりもする。俺は思った。『この世が平和になることなんてない』ってな」

彼の口調は、重い。俺は口を挟《はさ》めなかった。挟もうとも、思わなかった。

「ならどうする。〝俺たち一人ひとり〟が日々を力強く生きるために必要なことをするしかないだろうが。魔物に片脚を食いちぎられて、兵士として使い物にならねぇ男のできることなんざ、たかが知れてらぁ。こうやって男と女を撮って、それを必要とする誰かをちょっとだけ救うことだ。何が世界を救うだ。そんな重責を、老いぼれに押しつけんじゃねぇよ」

彼の右脚は、魔物との戦闘で失われたものだったのか。苦しい気持ちになる。

彼の言う通り、魔族との戦争は何百年と続いている。そんな状況の中では、替えの利《き》かない専門職に就《つ》いていたり、身体的な問題で戦闘ができない者以外、男はほとんど兵士か冒険者になるのが半《なか》ば義務付けられている。冒険者や兵士を増やし、魔物を討伐《とうばつ》し続けなければ、繁《はん》殖力《しょくりょく》に劣る人間はすぐに淘汰《とうた》されてしまうからだ。

だからこそ、冒険者や兵士にも心の休息が必要だ。性欲から犯罪的な行為に走るのを抑止するという意味でも、アダルトスフィアは男たちのストレスを軽減するのに大きく役に立ってきた創作物だ。

俺だって、アダルトスフィアに心を救われてきた人間の一人だ。

だからこそ……こうも思うのだ。

「それで充分じゃないですか」

俺は、言う。

「俺も、あなたの作品に救われた男の一人だ。監督はそれでいいんです。世界を救うための努力は、俺たちがやります。監督は、ただ……〝この作品を観た〟人たちが救われるようなモノづくりに打ち込んでくれれば、いいんです。俺たちはそれを一切邪魔しない。演技については確かに素人かもしれませんが、精いっぱい、全力でやります」

俺は改めて、床に頭をこすりつける。

「何度だって言います。ふざけ半分でお願いしてるわけじゃないんです。お願いしますッ！俺たちに力を貸してください!!」

頭を下げ続ける俺の隣に、人が並んだ気配があった。そして、俺の視界の端に、俺と同じように頭を下げるアンリの姿が映った。

「……私からも、どうかお願いいたします。ご主人様のためにも、世界のためにも」

二人に土下座されて、デル・モロ監督がたじろぐように息を漏《も》らした音が聞こえた。

「だから、土下座はやめろって。頭上げろ」

「……はい」

「……どうもわからねぇな。どうしてお前さんがそこまでこんなトンチキな話に必死になる？」

「世界を救いたいからです」

「本気で、この撮影で世界が救えると思ってるってことか？」

「はい」

迷いなく俺が答えるのに、監督は数秒間、俺の両の目を交互に見つめた。

「……バカだな、オメー」

監督は吐き捨てるように言ってから、ため息をついた。

「……とりあえず話だけは聞いてやる。今のところさっぱりわからん。もっと具体的に説明しろ」

「……！　ありがとうございます!!」

大体のことは書簡に書いてあったんですが……という言葉は飲み込む。

少なくとも、話を聞いてもらえるのであれば、さっきまでよりずっと前進した。

少しだけ態度が軟化したデル・モロ監督に対し、俺は緊張しながら、サキュバス四十八手についても含めて、具体的な説明を始めた。

「サキュバスとセックスして世界を救うだぁ!?」

「はい。すでに五つの儀式を済ませました」

「実際に起こった福音《ふくいん》はこの通りでございます」

俺が頷《うなず》いてから間《ま》を開けずに、アンリが今まで起こった福音を記した書類を監督に渡す。

彼は書類に目を通しながら、目を白黒させた。

「そんなバカみてぇな話が……いや、しかし……国王秘書官の印鑑《いんかん》が押してあらぁ。これを偽造してまで俺を騙《だま》そうとしてるとは考えられん」

「はい。バカみてぇな話ですが、本当です。騙してませんし、俺たちは真剣です」

「わかってるよ、疑っちゃいねぇ。ただ、ついてけてねぇだけだ」

ついていけないのはわかる。実際に儀式をやっている俺ですら気持ちがついていかない時があるくらいだ。

監督は眉間《みけん》に寄った皺《しわ》を指で触りながら唸《うな》った。

「で、次は千人の前でセックスをしなければならない、ってわけか。で? 国としては実際に千人の前でセックスさせるわけにはいかねぇから、アダルトスフィア・パブリックビューイングという形にしたいわけだ」

「その通りです」

「だが、アダルトスフィアの鑑賞会というのは見せかけで、実際は遠隔《えんかく》でセックスをして、それをスフィアを通じて放映する、ってわけだな」

　そう、リュージュ姉さんが考えた作戦は、簡単に言ってしまえば『アダルトスフィアに見せかけて生放送《なま》する』というものだった。観客のすべてが目の前の映像をアダルトスフィアだと認識していれば、それは『アダルトスフィア・パブリックビューイング』だと言ってしまえる。法にも穴があると彼女は言ったが、言葉の通りで、一見法律の範疇《はんちゅう》に収まっているように見えて、実際にはめちゃくちゃ法を犯している。四の五の言っていられる状況ではないので、その作戦に乗ることにしたが……それでも、まだいくつかクリアすべき問題がある。

「……つまり、俺に一発撮りをしろ、ってことか？」

　一つ目の問題は、これだ。生配信ということは、一発でクオリティの高い映像を作る必要がある。監督にも演者にも負担がかかる。

「……そうなります」

「……とんでもねぇことを言いだしやがる。それに、だ」

　デル・モロ監督は真剣な表情で問うた。

「修正はどうするつもりだ？　アダルトスフィアって体《てい》で流すなら、股間《こかん》の修正は必須《ひっす》だろうが。無修正のスフィアなんてのは無法の代物《しろもの》だ」

もう一つの大きな問題。それが、『局部の修正』だ。しかし、それについても、解決策をリユージュ姉さんは提示していた。

「それは……魔法でなんとかします」

「はっ？　魔法だぁ？」

俺の答えに、監督は素《す》っ頓狂《とんきょう》な声を上げた。そんな反応が出るのはよくわかる。俺もリユージュ姉さんから聞かされた時は、同じような声を上げたものだ。

「はい。そのための交渉は、今、秘書官リユージュが直々《じきじき》に、勇者パーティーの黒魔術師に行っているはずです」

俺の言葉に、デル・モロ監督は絶句して口をぱくぱくと開いたり閉じたりしたのちに、言った。

「一体どうなってんだい、この国は……」

俺も同感であった。しかし、誰もが、真剣なのである。

「も、モザイク魔法……？」

私の愛弟子《まなでし》、ヒルダは困惑《こんわく》した表情を浮かべた。しかし、そんなことにいちいち対応している時間はない。単刀直入《たんとうちょくにゅう》に話を進める。

「ええ。突然変異したエレクトザウルスの討伐の褒章《ほうしょう》として、勇者パーティーには一週間の休暇《きゅうか》が与えられていますね。つまり今、あなたは暇《ひま》ということです」

「いや、暇って……休暇でしょうが。魔導書読んだりとかいろいろやりたいことが」

「私の言うことが聞けないのですか」

「あーもう、そういう物言いはズルでしょ！」

ヒルダは、ほかならぬ私から黒魔術の訓練を受け、私の口添えで勇者パーティーに入った。つまり、私に逆らえるはずはないのだ。

　彼女は片手を額《ひたい》に当ててため息を吐く。

「で？　なに、モザイク魔法って」

「あなたにはリアルタイムでチ●ポとマ●コを隠してもらいます」

「はっ!?」

「国策の一環《いっかん》として、セックスの生配信をします。しかしアダルトスフィアの体で放送するので、局部は修正しなければなりません。その、局部修正をあなたに任せると言っているのです」

「ちょっと待って、全っ然意味がわかんない。もっと順を追って説明してよ」

「なぜわからないのですか」

「なんでわかると思うわけ？？」

面倒《めんどう》だ……時間がないというのに。しかし、ここで説明を渋っていても話は進まない。

サキュバス四十八手については、エレクトザウルス討伐の際にその片鱗《へんりん》を勇者パーティーのメンバーには見られてしまったので、あの任務のあと、全員に簡単に説明する機会を設けた。

なので、ほとんどぼかさずに儀式についてと、その第六手で『アダルトスフィア・パブリックビューイング』のセッティングが必要であるということをかみ砕《くだ》いて話す。

そのうえで、私は詰めるように問うた。

「あなたほどの実力があればできるでしょう」

「いや、急に言われても……やろうと思ったこともないし」

「本質に触れていれば、応用などいくらでもできます。このように」

私は人差し指を立て、その先に魔力を集中させる。空気中のマナを感じ、集め、形成する。

私の人差し指の先の空間が、手のひら大の果実程度のサイズでぐねぐねと揺れ動いた。実際に空間がねじ曲がっているわけではない。ただ、我々の目に〝そう見える〟ようにしただけだ。

ヒルダは私の魔術によって揺らめく空間を見て、呟《つぶや》く。

「……マナの変換の応用、みたいなものかしら」

「その通り。マナを変換し、光に干渉《かんしょう》させ、局所的に〝視覚情報を捻《ね》じ曲げる〟といったところです」

「簡単に言ってくれるけど、それなりに魔力を使う作業なんだけど……？」

「あなたもアベルほどではないにしろ魔力量には自信のある魔術師のはずですよ？　それに、そんなに多くの範囲にこの魔術を施《ほどこ》せと言っているわけではありません。あくまで結合部分だけ隠れればいいのです」

「だから！　それが難しいって言ってんでしょうが！　小刻《こきざ》みに動くんでしょ!?」

「それくらい臨機応変《りんきおうへん》に対応しなさい。勇者パーティーの黒魔術師でしょう」

「無茶苦茶言って!!」

ヒルダはやいのやいのと噛《か》みついてくるが、その心はすでに折れかけているとわかる。

「で？　やるんですか、やらないんですか」

私が圧《あつ》をかけると、彼女はひらひらと手を左右に振って大げさにため息をついた。

「やるわよ、やるから」

「わかればいいのです」

「でも……交換条件として」

ヒルダはビッ！　と人差し指を立てる。

「〝サキュバス四十八手〟について、師匠《ししょう》の知っていることすべてを教えて。もちろん、部外者には口外しないことを約束する」

「……それは」

ヒルダの提案に、私は逡巡《しゅんじゅん》した。彼女が〝すべて〟と言うからには、今まで教えたような内容では満足しないということだ。しかし……私だって、儀式の全容を理解できているわけではない。全容どころか、その一端《いったん》しか理解できていないようにも思えるのだ。

そんな不確定な情報を、儀式に直接関《かか》わっていない人間に漏らしてよいとは思えない。

そして、ヒルダは……アベルと同じように、私はどこか我が子のように思っている相手だ。

私は、国策としてサキュバス四十八手に頼らざるを得なくなっている状況の中でも……どうしても、あの儀式を安全なものとは確信できずにいた。むしろ、危険視しているとも言える。

どこの、何とも知れない〝神性を帯びた何か〟に、救いを求めているのだ。その代償《だいしょう》に何を差し出すことになるのかすら、我々は知り得ない。

巻き込む人数は、少なければ少ないに越したことはないと、思ってしまう。

「この条件が呑めないなら、私もこれには協力しない。よくわからないことに魔力を使いたくないもの」

戸惑《とまど》う私を見て、ヒルダはダメ押しのようにそう言った。

こういう時の彼女は、強情《ごうじょう》だ。長い付き合いの中で、私はそれを知っている。

……背に腹は替えられない、とはこのことか。

私は、もはやこの儀式を積極的に推《お》し進めねばならない立場なのだ。ヒルダがこういった交渉を始め、一歩も引かぬ気であるならば、私はそれに乗るしかない。

「……わかりました。ただし、あなたを信用したうえで、〝破れぬ契約〟はしていただきます」

破れぬ契約とは、魔術師同士で交わす、破ることのできない契約のことだ。互いの魔力を込めた契約書を作成し、そこに書かれた内容は絶対に破ることができない。今回の場合、もしサキュバス四十八手について、関わりのない者にその内容を話そうとすれば、声を発することもできなくなるはずだ。一度取り交わした破れぬ契約は、互いが合意の上で契約書から魔力を除去し破棄《はき》する工程を踏まない限り、効力が消えることはない。

つまるところ、魔術師にとってはかなり重みのある契約だ。

「ふふ、交渉成立ね」

しかし、ヒルダは不敵に微笑《ほほえ》み、私に右手を差し出してきた。

そこまでして彼女がサキュバス四十八手について知りたがる理由はわからない。今ここでそれを知る必要もないと思った。

「頼みますよ。決行は明日です。今日中にモザイク魔法を仕上げてください」

「また簡単に言ってくれるよ。それに、練習台もないんじゃ話にならない」

「そう言うと思っていました。その点は大丈夫です」

私は眼鏡《めがね》をクイ、と押し上げて、優しく微笑んだ。

「なるほど、じゃあ修正についてはそのモザイク魔法？　っつーのでなんとかするとして。男優はオメーがやるってことでいいのかよ」

リュージュ姉さんから聞かされた〝モザイク魔法〟について監督に説明し終えると、彼は真剣な表情で俺に訊《き》いた。

「はい。俺がセックスをすることに意味がある儀式なので」

俺が答えるのに、監督は「そうよな」と頷く。

「……一応訊くが、セックスの経験は？」

「この儀式が始まって、初めてしました。なので、数回は……」

「そうか」

デル・モロ監督は思案顔で顎《あご》に手を当てつつ、俺の隣に無表情で立っているアンリを見た。

「で、そのサキュバスっていうのが、このメイドか？」

「あ、いや！　この子は俺の護衛《ごえい》兼メイドというか……」

「……メイドが護衛？　んじゃあその腰の剣も」

「本物でございます」

アンリが涼やかに頷くと、監督は「ほお……」と声を上げる。

「妙なフォルムだが……かなりの業物《わざもの》に見える。特に、その白い方」

監督が指差したのは、アンリが常《つね》に腰に身に着けている二本の剣――確かに、監督の言うように、その形はあまり馴染《なじ》みのあるものではなかった――の、白い鞘《さや》に収まっている方だった。

アンリは一瞬ぴくりと眉《まゆ》を動かしたが、すぐにいつものように淡々《たんたん》とした声で答える。

「お目が高いですね。このカタ……剣は、我がメイド一族が先祖代々受け継いできた家宝でございます」

「ほぉ、それは興味深い。ちょっと刃《やいば》を見せてくれよ」

「……いえ、刃は」

「ん？　なんだよ、俺を素人だと思ってるのか？　これでも武器の扱いには慣れてる、心配には及ばねぇ」

「そういうことではございません」

アンリは少し言い淀《よど》むようにしていた。もしかすると、刃を見せたくない理由があるのかもしれないと思い、俺が口を開きかけると。

「……抜くことができないのです」

アンリは俺が言葉を発するよりも先に、そう言った。

デル・モロ監督はぽかんとした表情を浮かべる。

「ぬ、抜けねぇってのはどういうことだい。錆《さ》びてんのか？」

「いえ……この剣には呪《まじな》いが施されておりまして。強力な力が込められている代わりに、特定の条件を満たさねば抜けないのです」

「ほーん、そういう〝魔剣〟のようなものが存在するってのは聞いたことはあるが。その条件ってのは一体なんなんだい」

結構グイグイ訊くなぁ！

ちょっと冷や汗《あせ》をかきながらアンリを横目に見るが、彼女は別段嫌がっている様子でもない。いつも通りの無表情だった。

「それは……」

嫌がっている様子はないものの、彼女は言葉を選ぶような間《ま》をあけた。

そして、おもむろに言う。

「『子宮《しきゅう》のあたりがジュンとしたら』、です」

俺も、監督も、口を開けたまま数秒何も言えなかった。

子宮のあたりがジュンとしたら抜ける剣？　先祖代々受け継がれてきた家宝にかけられた呪いが、本当にそんな内容なのか？

しかし、当のアンリは真面目《まじめ》腐った表情をしている。

「あっははは！　なるほど、そりゃ、家宝だもんなぁ。そう簡単にすべてを教える気にはなれねぇか。ズケズケ訊いちまってすまなかった」

デル・モロ監督は大笑いしてから、小さく頭を下げる。

そうか、冗談か。あまりに真面目な表情だったので、本気でそういう剣なのかと思ってしまった。「言えません」とは言わずに、ちょっとシュールな冗談で話を濁《にご》したのだとしたら、アンリの話術も大したものだと思った。俺は、咄嗟《とっさ》にそんな機転の利いたことは言えない。

アンリはしばらく黙っていたが、ぺこりと頭を下げて「恐縮です」と言った。

「まあなんにしても、ただのコスプレメイドじゃあなかったわけだ。どおりで雰囲気《ふんいき》がピリリとしてると思ったぜ」

デル・モロ監督はそう言いながらうんうんと頷いた。

なんだか、アンリのことに話題が移ってから、彼の機嫌がどんどん良くなっているような気がする。やっぱり、メイド、好きなんだろうか。

「じゃあ、女優をやるサキュバスってのは今はいないんだな？」

「……はい、すみません」

俺が頭を下げると、監督は「明日撮影すんのに今日いなくてどうすんだよ」と小言を漏らしながらも、すぐに「まあ、いねぇもんをあーだこーだ言ってもしょうがねぇな」と一人で頷いた。

そして、パン！　と手を叩いて大きな音を響かせ、監督はあっけらかんと言った。

「よし、とりあえず、アベルっていったか？　お前、チ●ポ見せろ」

「……へっ？」

「へっ？　じゃねぇんだよ。撮られる前から恥《は》ずかしがってんじゃねぇぞ。チ●ポ見せろって言ってんだ」

「あっ、はい……！」

有無《うむ》を言わさぬ勢いでチ●ポを見せろと指示され、俺は大慌《おおあわ》てで立ち上がる。

まずコッドピースをはずそうとするが、慌てていてうまく留め具を摑《つか》めなかった。

「ご主人様、お手伝いいたします」

「あ、ああ……すまん」

アンリがしなやかな手つきでコッドピースの留め具をはずしてくれた。デル・モロ監督は
「おお……」となんだか嬉《うれ》しそうな声を上げる。やっぱりメイド好きなんだと思う、この人。

アンリに手伝われながらズボンも脱ぎ、俺は生唾《なまつば》を飲み込んでから、下着を下ろした。

「……ほぉーん、なるほど」

デル・モロ監督は顎に手を当てながら俺の股間をまじまじと見つめる。

憧れの監督にチ●ポを見られている……！

自慢のおちんちん君も今回ばかりは緊張で委縮《いしゅく》していた。

「……まあ、よくあるデカチン、って感じだ。フツーだな、フツー」

監督は投げ捨てるようにそう言った。フツー、と評されるとなんだかムッとしそうになるが、
俺よりもデル・モロ監督の方がチ●ポを見た本数は多いはずだ。仕方がない。

ちょっとしょんぼりしていると、監督は俺のチ●ポを指差しながら言う。

「ちょっと勃起《ぼっき》させてみろよ」

「えっ!?　今ですか!?」

「そう、今。誠意は十分見せてもらったからよ、次は勃起チ●ポ見せろ」

誠意という言葉と勃起チ●ポという言葉が一連の発言の中に並んでいると頭が混乱する。

そうか、誠意の次は勃起チ●ポも見せた方がいいか！

とりあえず要求は呑み込んだ。呑み込んだはいいが、やっぱり、突然「勃起しろ！」と言われても難しい。女の子とのやり取りの中ではすぐに勃起してしまうのに、どうしてこういうときに限ってできないんだ！

おろおろとしてしまう俺の前に、おもむろにアンリが跪《ひざまず》いた。

「ご主人様、お任せください」

「いや、アンリ、前にも言ったけどさ……！」

アンリが手伝おうとしてくれているのはわかる。でも、俺はそういうことを彼女にさせたいわけではないのだ。

しかし、アンリは俺の気持ちを汲《く》み取ったうえで、首を横に振った。

「いま最優先すべきはここでしっかりとご主人様の立派《りっぱ》なおチ●ポを見ていただくことではありませんか？」

「……それは、そうだけど」

「以前、従いたくない命令は無視しても構わない、と仰いましたね」

アンリがダメ押しのようにそう言った。俺は言葉を失う。

「……任せてくださいますか？」

「……わかった。アンリに任せる」

「有難うございます」

アンリはぺこりと頭を下げてから、俺のチ●ポに優しく触れた。彼女の指はひんやりとしていたけれど、その表面はつるつるで、自分の手とはまったく違う素材でできているような気がした。触れられるだけで、股間の奥が熱くなるような感覚があった。

少しだけ硬《かた》くなった俺の陰茎《いんけい》を、先端から根元にかけて、アンリの指がなぞっていく。背筋《せすじ》がぞわぞわとする感覚と同時に、じわじわと快感が下半身から全身にかけて流れてゆくようだった。

アンリの指が俺の玉袋に到達し、手全体を使って、そこを優しく揉《も》まれる。そして、また指先のみで優しく触れながら、根本から先端へと戻ってゆく。

その動きを何度か繰り返されただけで、気がつけば。

「……ご立派です、ご主人様」

俺のチ●ポはバキバキに勃起していた。

「……素晴らしい」

無言で俺とアンリを眺《なが》めていた監督が、少し興奮気味に言った。

「オメーのチ●ポも、勃起すると信じられないくらいデカいな。こりゃ迫力のあるいいチ●ポだ。撮り甲斐《がい》が出てきた」

監督は俺のチ●ポを褒《ほ》めちぎる。やばい、めっちゃ嬉しい。

そして、監督の視線がアンリへと移る。

「それに……アンリっていったか？　あんたも、素晴らしい。俺のようなくだらねぇ男の妄想《もうそう》からそのまま出てきたような〝ご奉仕《ほうし》〟だった」

デル・モロ監督はじっ、とアンリを見つめながら言う。

「今回の撮影、あんたも出てくれねぇか？　そっちの方が、絶対にイイ作品になる。そういう確信があるんだよ！」

デル・モロ監督は座っていた椅子《いす》から半分立ち上がるような姿勢でそう言った。

それは……あまりに、予定にない提案だ。

「監督、それは――」

「ご要望でしたら、お応《こた》えいたします。メイドですので」

俺が口を挟もうとするのと同時に、アンリはこともなげに頷いた。

「そうか！　出てくれるか！　こりゃあ楽しみだ!!　こうしちゃいられない、まず構成を考えよう。セックス自体はサキュバスの子とやるとして、そこに持っていくまでの、前戯《ぜんぎ》を含めた、美しい展開だ。そこが一番大事と言っていい……。こんなに完璧《かんぺき》なメイドなんだ。メイドをやってもらうのが一番いいに決まってる。ようし、ようし……いいぞ。浮かんできた、きてる、きてるぞ……」

デル・モロ監督は椅子から立ち上がり、少し離れた場所にある作業机に向かってゆく。もはや、俺たちのことはそっちのけだった。ただ、しっかりとやる気になってくれたことだけはわかった。

とは、いえ……。

「アンリ……！」

俺は小声でアンリに詰め寄る。

「あんな安請《やすう》け合いして！　君にはほかの役割もあるだろ！」

そう、アンリには、リュージュ姉さんから指示されていることがある。

というのも、パブリックビューイングに偽装した儀式を開催するにあたって、デル・モロ監督には説明していないもう一つの問題があった。

それは……出演する男優、つまり俺が、『元勇者パーティーメンバーである』ということだ。

勇者パーティーというのは、普通の冒険者パーティーとは一線を画《かく》す存在だ。勇者パーティーは一般の冒険者たちとは違い、ギルドからではなく国王から直々に依頼されることもある。

つまり、国策にも関わるパーティーだ。

そんなパーティーから脱退した俺が、アダルトスフィアに出演しているというような噂《うわさ》が流れては、勇者パーティーの品格が下がってしまう。サキュバス四十八手を完遂《かんすい》するためとはいえ、そんなことは許容できない。

どうしたものかと頭を悩ませていたところに、アンリが救いの手を差し伸べたのだ。

彼女は、メイドの仕事の特性上、身分を偽《いつわ》らなければならないことも多かったらしく――一体どういう状況でその必要が生まれるのかはよくわからなかったが――、〝認識阻害《そがい》魔術〟を会得《えとく》しているのだという。

認識阻害魔術とは、対象の人物を〝その人である〟とわからなくさせる魔術のことらしい。つまるところ、俺の顔を知っている人物であっても、認識阻害魔術が俺にかけられていれば、俺の顔を見てもそれが俺だと気づかない、ということらしい。なんだか頭のこんがらがる話だが……まとめると、その魔術があれば、俺が『勇者パーティーを脱退した聖魔術師アベルである』ということがバレることはないわけだ。

アンリには、パブリックビューイングを行っている間、俺に対してずっとその魔術を行使してもらわなくてはならない。重要で、大変な役割だ。

それをこなしながら、女優として出演もすると彼女は言うのだ。

「問題ありません。両立できると判断しました」

アンリは堂々とそう言い放った。俺は焦《あせ》る。

「可能だとしても、想定よりも君に負担がかかる！　それに……」

俺が気にしているのは、それだけではなかった。

「……多くの人に肌《はだ》を見られることにもなるんだぞ」

どこまで脱ぐことになるかはわからない。場合によっては完全着衣のままかもしれないけれど、少なくとも、千人もの前で、顔を晒《さら》したまま淫《みだ》らな行為をすることにはなるのだ。

そんな簡単に承諾《しょうだく》していいこととは思えなかった。

しかし、俺の思いとは裏腹《うらはら》に、アンリはあっけらかんとしている。

「肌など、見られても構わないと思っているので」

「ああ、もう！　おおらか！」

どうしてこう、自分のことに頓着《とんちゃく》がないんだ、このメイドは！

「ご安心ください、ご主人様」

アンリは心なしか力強く頷いた。

「一つくらいタスクが増えても失敗などいたしません。なぜなら、私はメイドなので」

「アンリの中の〝メイド〟っていうのは一体どういう生き物なんだよ」

「完全無欠の存在でございます」

あまりにはっきりとアンリが言うものだから、俺も思わず、「そっか、なら大丈夫かぁ」と思ってしまいそうになる。いや……そう信じてしまったほうがいいのかもしれない。

ここで俺が「やめたほうがいい」と言い続けたとしても、彼女はやると言うだろう。さすがにこの短い付き合いの中でも、彼女のそういうところは理解し始めている。

それに……。

「……さっきはありがとう」

そういえば、お礼を言っていなかった。

「何がでしょう」

「俺が止めたのを無視して、尽くしてくれただろ」

「……そうすべきかと思いましたので」

「……ああ、助かった」

そうだ。彼女は、この儀式のために、本気で尽くしてくれている。それだけは明確にわかる。

さっきのこともそうだ。俺は〝アンリのことだけ〟を考えて、彼女が俺に尽くそうとするのを止めてしまった。けれど、アンリは、儀式全体のことを考えて、俺を勃起させ、デル・モロ監督のやる気を出させることを優先してくれたのだ。

俺よりもアンリの方がずっと大人だった。

そんな彼女が、俺の反対を押し切ってまで「やる、できる」と言うのだから、俺のすべきことは、彼女のその言葉を信じることだけだ。

「……アンリを信じる。今回に限っては、無理をするなとも言わない。だから……」

「ええ。必ず成功させます」

アンリは俺の言葉を先取りして、頷いた。

そして、決め台詞《ぜりふ》のように言う。

「メイドですので」

「そうだな、完全無欠のメイドだもんな」

「ええ、その通りでございます」

あれ？　と思う。

アンリの表情が、一瞬緩《ゆる》んだように見えたのだ。今、少しだけ口角が……。

「なあ！　サキュバスの女優とは明日まで会えねぇのかよ!!」

俺の思考を遮るように、作業机の方から監督の声が飛んでくる。

「あっ……はい、おそらくは……！　すみません！」

「ンだよ……当日顔合わせで一発撮りってかぁ……？　これでしょーもない、風格もない素人だったらたまったもんじゃねぇな」

監督がぶつくさ言うのに、俺は苦笑いしながらも、はっきりと答える。

「スズカ……サキュバスの女優は、監督が思う以上に、しっかりとサキュバスですよ。それだけは、俺が保証します」

俺が淀《よど》みなくそう言うのに、デル・モロ監督は一瞬気圧《けお》されたように何度も瞬《まばた》きをしたが、すぐに渋面《じゅうめん》を作って舌打《したう》ちをした。

「オメーが保証してなんになるってんだよ！　ったく。構想の邪魔だからオメーらさっさと帰れ！」

「あ、いや、でも……その、明日は……」

やる気になっていることは見ればわかるが、俺は監督が撮影してくれるという確約を持って帰らなければならない。

おろおろしている俺に、監督は吐き捨てるように言う。

「撮ってやるよ!!　案外面白《おもしろ》そうな仕事だしな」

「あ、ありがとうございます……！」

「それに……」

監督は俺とアンリを交互に見て言った。

「少なくとも、オメーと、そこのメイドは、きちんと撮ってやりてぇと思った」

その言葉に、俺は身体《からだ》の奥が熱くなるような感動を覚えた。

憧れの監督にそんなことを言ってもらえるなんて……全力でぶつかって、良かった。チ●ポを見せて、良かった……！

「よろしくお願いしますッ！」

俺が勢いよく頭を下げると、隣のアンリも丁寧《ていねい》にお辞儀《じぎ》をする。

「お～、よろしく。じゃあさっさと帰れ。邪魔」

もう完全に俺たちに背を向けて、監督は作業机にかじりついていた。

改めて頭を下げて、俺たちは監督のスタジオを出る。

「……無事、約束を取りつけられましたね、ご主人様」

「ああ……安心した」

「スズカ様は大丈夫でしょうか……」

アンリが言うのに、俺は苦笑を漏らす。

「まあ、大丈夫だろうけど……大変ではありそうだよな」

そう、スズカがここに来られなかったのには理由がある。

そして、今彼女がしていることを想像すると、なんだか可哀想《かわいそう》だなぁ、とちょっと哀《あわ》れに思ってしまうのだった。


「ねえこれいつまで広げてればいいわけ……!?」

「うるさいわね。上手《うま》くいくまでに決まってんでしょ。四の五の言わずに広げ続けなさいよ！

これを……こうして……」

「下手くそ！　それじゃあデカすぎるって言っているでしょう。マ●コだけ隠さないと！　下腹部あたりから全部モヤモヤしてたらエロさが足りません！」

「チッ……じゃあ、これくらい……？」

「今度は小さすぎます!!　耽美《たんび》漫画が本誌から単行本化された時の黒海苔《くろのり》くらいになっちゃってるでしょうが！　クリ以外ほとんど全部見えてても許されるのは漫画だけです！」

「ああもう注文多いなぁ!!」

「当然です！　エロく見えなきゃ意味ないんですからね!!」

「早くしてよ!!　なんかもうすっごい乾燥してきてる感じする!!」

「大丈夫です、最悪私が舐《な》めて湿らして差し上げますから」

「ヤダ！　絶対ヤダ!!　早くして!!!」

「動かないでよ!!　ズレるでしょうが!!」

「本番はもっと動くんですよ!?　被写体がちょっとジタバタしたくらいで音《ね》を上げられては困ります!!」

「それはわかってるけど、今は基礎を練習してるとこでしょ!!　すぐに応用の話ばっかすんの師匠の悪い癖《くせ》だからね!!」

「私にお説教垂《た》れる前にさっさと安定させなさい。基礎を終えたら二つ同時にモザイクを出す練習もしてもらいますからね。本番はチ●ポとマ●コの両方を隠してもらわなければなりませんから」

「そりゃ、いいけど、さすがに練習段階でももう一つ隠すもの用意してくんないと困るわよ。

どうすんの」

「そんなの、私がマ●コ出して腰振ってやりますよ。いくらでも練習なさい」

「女三人で何してんだろ、めっちゃ萎《な》えてきたわ……」

「いいから早くしてッ!!　乾いちゃうからッ!!!」


「まあ、ヒルダは熟練の魔術師だしなぁ。なんだかんだですぐにマスターして、明日も涼しい顔でこなしてくれると思うぞ」

「そうだといいのですが」

アンリと並んで王宮へ向かいながら、モザイク魔法の練習に打ち込んでいる三人に想いを馳《は》せる。

被写体になっているスズカはちょっと気の毒だが、きっと真面目な練習会になっているだろう。

そんなことを考えながら王宮へ帰ったが、結局彼女たちが練習を終えて王宮へと戻ってきたのは深夜になってからだった。

何はともあれ、パブリックビューイング決行は明日。

信じられないようなスピード感で、準備は進められていた。

6章　思惑と想定と緊張
Succubus 48 technique

「で、どうしてあたしとエリオットまで参加しないといけないんですか……？」

パブリックビューイング当日。

私は、勇者エリオットと、そのパーティーの弓術《きゅうじゅつ》師トゥルカを呼び出していた。観客として参加してもらうためだ。

「アベルたちの任務について、あなたたちにも〝見て〟もらって知っておいていただく必要があるかと思いましたので」

私がそう答えるのに、トゥルカは苦い顔をして返す。

「……セックスで世界を救うんですよね。聞きましたよ、もう。ばかばかしい」

「あなたがそう思うのも無理ありません。が、アベルも、スズカ様も、真剣にこれに取り組んでいるのです。馬鹿馬鹿《ばかばか》しいと一言で片付けてしまうのは乱暴かと」

私の窘《たしな》めるような言葉がカンに触ったのか、トゥルカは目を吊《つ》り上げた。

「リュージュ秘書官は何も思わないんですか!?　アベルは勇者パーティーに必要な人材だった

んですよ！　それを……そんな、ふざけた儀式に……」

「トゥルカ、そのへんにしておきなよ」

トゥルカの言葉を、エリオットが遮《さえぎ》った。エリオットの諫《いさ》めるような視線を受けて、トゥルカはぐっ、と奥歯を噛《か》み締めて、「すみません」と小さくこぼす。

二人の会話を聞いて……私は、「おおむね狙《ねら》い通りだ」と思った。

エリオットとトゥルカをこの場に呼んだのには、当然、明確な理由がある。

サキュバス四十八手のことをトゥルカが知ったことで、彼女とアベルの関係は明確に悪化してしまった。しかし、トゥルカの中にあるアベルへの恋心が消え去ったわけでもないことくらい、私にもわかる。互いのことを嫌いではないのに、関係だけが悪化している状態は、両者の精神に悪影響しか及ぼさないであろう。

とはいえ、トゥルカがアベルの任務に対して納得できないことは当然で、いくら口で言っても説得は不可能だとわかっていた。かく言う自分も、未《いま》だにサキュバス四十八手については懐《かい》疑《ぎ》的なのである。しかし、そういう思いがありながらも、アベルとスズカのセックスを見るとどうしても引き込まれてしまう。

だから、私は「実際にトゥルカに見せてみればいいのでは」と考えた。

そして……同時にエリオットも引き込むことで、このように、一定程度トゥルカの怒りをコントロールできるのではないかと思ったのだ。

自分でも、あまりに打算的で、若い女性の恋心を弄《もてあそ》ぶような行為だとはわかっている。けれど……目に見えている問題は、どんな手を使っても解決へと導かなければならない。万難《ばんなん》を排して、この儀式を成功させるのが私の務めだ。

さらに、エリオットも呼んだのには、もう一つ理由がある。

今回のパブリックビューイングでは、男優がアベルであることを観客に悟られてはならない。その問題をクリアするためにアンリの〝認識阻害《そがい》魔術〟を用いることにしたのだが……アンリはその魔術について、一点だけ問題があると言った。

『近親者や、〝対象を愛している〟人間には効果が薄いのです。日常生活の中で、強烈に意識し続けている人には、認識阻害は通用しないと考えてください』

アンリは涼しい顔でそう語った。

正直、今回の催《もよお》しは招待制でこちらで参加者を集めた。もちろん、今までアンダーグラウンドで開催されていた『アダルトスフィア・パブリックビューイング』に参加していた大人たちを狙った招待だ。そんな客層の中に、『聖魔術師アベルを愛している』ような人間がいるとは考えにくい。

話を聞いた時点ではそこまで大きな問題ではないと思われたが……改めて考える中で、逆の視点が生まれたのだ。

それは、『認識阻害が正しく発動しているかどうかは、どうやって判断するのか?』ということだ。

ぶっつけ本番! やってみたら全員にバレてしまいました! ではシャレにならない。

当然、昨日の段階でアンリに実際に認識阻害魔術を使ってもらい、効力を試すことはした。王宮に勤める者たちをなるべく多く集めた、百人規模での認識阻害には、すでに成功している。

しかし、観測者が千人ともなれば、それが確実に成功するという保証はない。

アンリに尋《たず》ねても、「大丈夫です。完璧《かんぺき》にやり遂《と》げます。メイドですので」の一点張りだ。

彼女を信用しないわけではないが、「もしも」に備えるのが私の仕事である。

そういうわけで、私はイベント中に、『すぐ隣にいて、すぐに効力を確認できる人間』を用意することにした。

つまるところ、「アベルを愛している女」と、「アベルのことを知っているが、愛してはいない者」の二人だ。前者がトゥルカで、後者がエリオット。

私は会場の様子を監視しながら、隣にいるトゥルカとエリオットのことも観察し、トゥルカのみが「映っているのがアベルであるとわかっている」ことが確認できればよい。それによって、「認識阻害魔術」がきちんと効《き》いているかどうかをチェックできるからだ。

そして、念には念を入れて……すべての座席に、細工もほどこしてある。

大丈夫だ。上手《うま》くいく。

トゥルカやエリオットと共に、最後列の席に座り、開始時間を待つ。ここからなら、会場のすべてを見渡すことができる。

観客席に座っているのは、正装で着飾った男性ばかりだった。たまにドレスの女性も混ざっているが、どのみちフォーマルな服装であることには変わりない。アベルが怯《おび》えていたように、どこか異様な空気感だった。

前の席に座る男二人が、声を潜《ひそ》めて話しているが、会場全体が静かなので、その内容はしっかりと聞こえてくる。

「今宵《こよい》はどのようなスフィアが上映されるのでしょうなぁ。噂《うわさ》では、完全な新作撮り下ろし、つまり今日のための初物《はつもの》だとか」

「このワインに合う、美しい物語だとよいのですが……」

声量は小さくとも、興奮《こうふん》気味に上映を待っているのがありありと伝わってくる。

隣に座るトゥルカが、本当に小さな声で「キモ……」と呟《つぶや》くのが、私には聞こえた。

……かく言う私も、どこかソワソワとしてしまうのを抑えられない。緊張のためか、それとも、状況に興奮しているのか。自分でも、わからない。

「お前がサキュバスか」

会場からは少し離れた、デル・モロ監督のスタジオ。本番まであと数時間もない。

中はすでにセットが組まれており、そこだけはまるで、地位の高い人間の私室のようだった。

プロの用意した装飾とは、こういうものなのか……と感動する。

デル・モロ監督はスズカを頭からつま先まで眺《なが》めて、おもむろに言う。

「とりあえず一回脱げ」

スズカはぎょっとしたように目を剝《む》いて、「そんな、初対面でいきなり……！」と逡巡《しゅんじゅん》するが、俺はスズカに「時間がない。昨日顔合わせできなかったのはこっちの都合だ」と耳打ちする。スズカは数秒、うんうんと唸《うな》ったのちに、服を脱ぎ始めた。

スズカが下着姿になった時点で、デル・モロ監督は息を呑《の》んでいた。そして、恥《は》じらいながらスズカがブラジャーをはずし、ショーツを脱ぐと、監督はため息を漏《も》らして、力が抜けたように椅子《いす》に座りこんだ。

「……なるほどな。そうか、あんたはほんとに……サキュバスなんだな」

「そ、そんな、裸《はだか》見ただけでわかるわけ……？」

「わかるさ。不躾《ぶしつけ》に指示してすまなかった。時間がないもんでな」

デル・モロ監督はすべてを理解したような表情でそう言い、深い呼吸を挟《はさ》んでから、俺たちを順に見た。

「アダルトスフィアじゃ『台本ナシ』なんてのはあり得ないんだが……今回はアダルトスフィアを装った生配信《なま》だ。やり方にこだわってる場合じゃねぇ」

監督の表情は昨日よりもずっと引き締まっていた。これから撮影をする。その気迫が感じられて、俺も背筋《せすじ》が伸びる。

「お前らは最低限の設定だけを守って、それ以外は自然体でエロいことをしろ。俺がそれを一番エロく見えるように撮ってやる。以上だ」

言うだけ言って、デル・モロ監督は機材をチェックしに行ってしまった。

「せ、設定を確認しておこう……」

めちゃくちゃに緊張しながら、俺はスズカとアンリに言う。

屋敷の主人であるアベルに想いを寄せるメイド、アンリ。アンリは夫人の居《い》ぬ間にアベルに迫り、フェラチオなどの前戯《ぜんぎ》で誘惑するが……その現場を、夫人であるスズカに見られてしまう。アンリは部屋を追い出され、スズカはアベルに怒りを露《あら》わにしつつも、「自分以外とセックスするな！」と独占欲を丸出しにしてアベルに性交渉を求める……。

というようなざっくりとした脚本。セリフの指定などもほぼない。

「あたし……演技なんてしたことないわよ」

設定の確認を終えると、スズカが不安げにそうこぼした。

俺もめちゃくちゃに緊張していたが、彼女を励《はげ》ます。

「大丈夫だ。要は、サキュバスになってしまえばいいんだよ」

俺の言葉に、スズカは眉《まゆ》を寄せて首を傾《かし》げる。

「どういうこと?」

「だからさ、俺はお前の〝エサ〟だろうが。それを他のヤツに盗《と》られたらどうだ。ムカつくだろ！　帰ったら食べようと思ってたプッディンを家族が食ってたらキレるだろ！」

俺は大げさに身振り手振りをしながらそう言ってみる。しかし、スズカの反応は思ったようなものじゃなかった。

「……あたしそんなに狭量《きょうりょう》じゃないわよ」

「じゃ、じゃあ……ほら！　大盛りソヴァを勝手に食われてたらキレるだろ！」

少しでもスズカに響くようなたとえを考えて、口にする。ソヴァはスズカの大好物のはずだ。

今度は数秒間「うーん……」と考えた後に、スズカが答える。

「殺しちゃうかも」

「そうだ！　そういう気持ちでやればいいんだ！　そんなことで殺すな」

簡単な打ち合わせと、感情のすり合わせを繰り返し、少しずつ二人で気持ちを作ってゆく。

しかし、緊張はどうしてもほぐれない。これぱかりはもう仕方がないのかもしれない。

そんなことを思いながらアンリを横目で見ると……こんな時でも、彼女はいつものようにすました顔で立っていた。

「こんな時でもアンリは緊張しないんだな」

俺が苦笑しながら言うと、アンリはクールに頷《うなず》く。

「メイドですので」

そうだ。彼女は完全無欠なメイドなのだから、こんなことで緊張はしない。

最初の頃はアンリの〝メイド〟という概念に対する圧倒的な自信に戸惑《とまど》ったものだが、今では頼もしさしか感じない。

けれど……彼女は、メイドである前に、人間だ。完璧で、失敗もしない人間などいるのだろうか。

そんなことを考えて、すぐに、そんな思考は無駄だと思いなおす。

彼女を信じることにしたのだから、最後まで信じるのみだ。

アンリはクールに設定資料を読み込み、俺とスズカは緊張しながら二人で芝居《しばい》のすり合わせを続けた。そうしているうちに時間は刻一刻《こくいっこく》と進み……ついにパブリックビューイングの開催時間が訪れる。

7章 アダルトスフィア・パブリックビューッ！　イング……

Succubus 48 technique

上映開始のブザーと同時に、元より暗かった会場内が完全に照明を落とし、真っ暗になる。

タイトルの表示も、メーカーの表示もなく、突然映像が始まった。

少し、会場がざわつく。

「メーカー表記もタイトルもなし？　このスフィアは一体……？」

「いや、しかしこれは斬新《ざんしん》な始まり方ですよ。逆に臨場《りんじょう》感がある……！」

紳士たちの声が耳に入る。

映像に映っている景色は、上等な調度品ばかりが置かれた一室だった。随分《ずいぶん》と裕福な人間の私室であるとわかる。

そして、画角《がかく》の外から、一人の男が、ぎくしゃくとした歩き方で入ってくる。

ぴっちりとした上等なスーツを着て画面の中に現れたのは、アベルだった。

隣のトゥルカがはっ、と息を吸い込んだ音が聞こえた。

私は右耳につけていたピアスを素早くはずし、それを口元に近づける。そして、中に仕込まれた〝伝達石《でんたつせき》〟に向けて、小声で手短に話す。

「……該当ワードは？」

伝達石を介《かい》して〝監視役〟に尋《たず》ねると、左耳に装着した受信用の伝達石に応答があった。

『現状、該当ワードは0件です』

「了解。引き続きチェックを続けて。一つも聞き漏《も》らさないで」

『承知しました』

一旦《いったん》やりとりを終え、通信を切る。

一つ目の山場を越えて、私は深く息を吐いた。

この会場の座席には、その一つ一つに、私が今使ったような〝伝達石〟が仕込まれている。

伝達石は、近辺で鳴った音を捉《とら》え、遠隔《えんかく》の、受信用の伝達石に伝えることができるアイテムだ。

千人分の音声が、リアルタイムで、諜報機関《ちょうほうきかん》に送られている。音を発するものが千人いるのなら、聴く側も千人。このイベントの裏で、千名の諜報機関員が観客一人一人の発言に聞き耳を立てている。

目的は明白。

『聖魔術師アベル』がスフィアに出演していると気づく人間がいるかどうか探るためだ。

「聖魔術師」「アベル」「勇者パーティー」、この三つが、我々が〝該当ワード〟として設定した言葉だ。これらのワードが一つでも聴きとれた瞬間、その席の観客にはあれやこれや理由をつけて退場してもらう手筈《てはず》になっている。そして、その後のことは諜報機関がどうにかしてくれる。

この三つのワード以外であっても、諜報機関員が『もしかすると気がついているかもしれない』と感じた発言があれば私に報告が上がるようになっている。

これだけの準備をして、なぜ今の瞬間が〝一つ目の山場〟だったのかと言えば、それはもちろん、画面に大きくアベルが映ったからだ。

あれだけ大きく顔が映って、それらのワードが出ないのであれば……ひとまず安心しても良いように思えた。アンリの認識阻害《そがい》魔術はしっかりと効力を発揮しているのだろう。

『あ～、今日も、仕事、疲れたなぁ～』

画面の中で、アベルが伸びをしながら、そう言った。あまりに不自然な声色《こわいろ》だ。

またも、会場がざわついた。

「な、なんだこの男優は……！」

「棒読みにもほどがあるぞ……」

会場に動揺が走っていることなどつゆ知らず、アベルは下手くそな演技を続けた。

『今日もあいつは家にいないはずだし、ひとっ風呂浴びて、寝るかぁ～』

独《ひと》り言にしては声がでかすぎる。まるで子供の演劇を見ているような気分になった。

この画《え》が続くようであれば、さすがに帰りだす紳士たちがいるのではないかと冷や汗《あせ》をかき始めた頃に、画面内にもう一人、誰かが入ってきた。

アベルとは違い……歩き方から、佇《たたず》まいから……そのすべてが洗練されていた。

先ほどまでとは違う、少し色めきだつようなざわめきが会場に起こる。

画面に現れたのは……かなり短いスカート丈《たけ》のメイド服を着たアンリであった。

いわゆる〝ミニスカメイド〟というような恰好《かっこう》であったが、それでも、アンリの所作《しょさ》からは気品が漂っていて、彼女がいるだけで急に場面が引き締まったように感じられた。

『本日もお勤めご苦労様です、ご主人様。楽になさってください』

『あ、ああ！　すまない～』

『お洋服をお脱がせしますね』

『いつもすまないなぁ、アンリ！　服くらい、自分で脱げばいいのになぁ～』

『いいえ、毎日お外で勤勉に働いていらっしゃるご主人様に、せめて屋敷の中では一切ご苦労をおかけしないようにするのが私の務めでございます』

終始棒読みなアベルに対して、アンリのセリフは流暢《りゅうちょう》であった。聞き心地がよく、取り繕《つくろ》っている様子もない。まるで本物のメイドのようだった。……実際に、メイドであるとは、事情を知る者以外、誰一人思うまい。

「なんと……なんという完璧《かんぺき》なメイド……！」

「男優の演技には首を傾《かし》げてしまうが、この女優は素晴らしい。これは期待が高まりますぞ！」

観客たちの声も少し大きくなっている。

アンリの存在にはそれだけの求心力があるということなのか。

手際よくアンリがアベルの衣服を脱がせていく様子が映される。

ちらりと横目で隣のトゥルカを見ると……彼女はめちゃくちゃ爪《つめ》を噛《か》みながら、画面を凝《ぎょう》視《し》していた。妙な気迫が感じられて、少し怖い。

その隣のエリオットは……感情が読み取れない。穏《おだ》やかな表情で映像を見ている。

やはり、エリオットの方は画面に映っているのがアベルだとは気づいていなさそうだ。ああして演技をしながらも、アンリは完璧に認識阻害魔術をかけ続けている。

アンリがアベルの服を脱がせてゆき、ついに彼の下着を下ろした瞬間。

「なっ⁉」

「なんということだッ‼」

会場が沸いた。トゥルカも、両手で口元を覆《おお》っていた。

「デカすぎるだろうが‼」

先ほどまで小声で話していた紳士が、画面を指差しながら叫んだ。興奮《こうふん》が隠しきれていない。

そうでしょう、そうでしょう。アベルのチ●ポはデカいのです。長いだけでほっそいものとも、太いだけで短いものとも違う。長くて太い、最強のチ●ポなのです。

私は内心でほくそ笑んだ。画面の右下に私の顔を映してくれてもくれてもいいですよ。なぜなら、私が育てたチ●ポだから。

そして、二つ目の山場を、今、越えた。

アベルのチ●ポには、しっかりとモザイクがかかっていたのだ。ヒルダが完璧に仕事をこなしている証左だ。

『まあ……！　ご主人様……』

『ああ、すまない～！　最近、あいつも帰ってこないし、すっかり溜《た》まってしまってなぁ～』

『……お辛《つら》いでしょう』

アンリがそう言うのと同時に、今まで引きで部屋全体を映していたカメラが、グッ！　とアンリの顔に寄った。そして、それに合わせるように、アンリが上目遣《うわめづか》いで、カメラを見る。

ぞくり、とした。

なんだこの完璧な顔面は。ご主人様にご奉仕《ほうし》せんとする、控《ひか》えめで、かつ卑《いや》しいこの顔面。いつもの〝無表情〟とはまるで違う、完全に〝誘っている〟顔だった。彼女にこんな顔ができるだなんて、知らなかった。

そして、私がアンリの演技に気圧《けお》されたのとは別の方向で、会場は盛り上がっていた。

「このカメラ捌《さば》き……間違いない……！」

「オシルモ・デル・モロ監督作品だ……ッ！」

私はぎょっとする。

カメラアングル一つで、監督までわかってしまうのか？　恐怖を覚えた。

『ああ、アンリ、いけない！　俺には決まった相手が〜！』

『奥様はいつも帰ってこられません。ご主人様を孤独にしている方に義理を立てる必要があるのでしょうか？』

『だけど、こんなのは、良くないッ！』

『……私の方が、私の方が、奥様よりも、ご主人様を愛しております!!』

アンリが、切ない表情で、そう叫んだ。胸のあたりがズキリとする。

画面の中のアンリは、アベルのことを本気で愛している。そう思ってしまう迫力が、彼女の演技にはあった。

「なんと……なんという演技、そして美貌《びぼう》……！」

「デル・モロ監督の作品に、こんな完璧な女優が出演してしまったら、もう誰にも止められないぞ!!」

『アンリ！　よすんだ〜！　これ以上はいけない〜！』

「男優はもう喋《しゃべ》るな!!　チ●ポだけ見せろ!!」

怒号《どごう》が飛ぶ。私も同意だ。興《きょう》が削《そ》がれるからもうアベルは喋らないでほしい。

『ご主人様……アンリは、もう我慢《がまん》できません……！』

アンリが辛抱《しんぼう》たまらない、という様子で頬《ほお》を上気《じょうき》させ、そして……アベルの亀頭《きとう》にちゅ、とキスをした。

『あっ……』

アンリの口づけを陰茎《いんけい》に受けたアベルが喘《あえ》ぐ。

その瞬間、観客の様子が変わった。

「おっ……♡」

「い、いい声出すじゃないか、彼」

「そうか、演技パートだけ下手な男優というのも、ままいる。うむうむ、行為パートに期待しようじゃないか」

紳士たちが掌《てのひら》を返しだした。しかし、それにも納得がいく。

アベルの喘ぎ声は、なんというか……結構、色っぽかった。

「うううううう……」

隣から低い唸《うな》り声が聞こえて、私は思わずそちらを見てしまう。

トゥルカが鬼の形相《ぎょうそう》で画面を睨《にら》みつけていた。

『ご主人様……ちゅっ……れろ……ご主人様の欲望は、私がすべて……ちゅぅ……受け止めて差し上げます』

『ああっ……アンリ……ダメだ……ッ』

『どうして？　そんなに気持ちよさそうにしてらっしゃるのに』

『俺は……俺には……ッ』

アンリに陰茎を口で責められながら喘ぐアベル。さっきまでの棒演技とは打って変わって、本当に彼の葛藤《かっとう》が感じられるようだった。なんでチ●ポ舐《な》められたら演技上手《うま》くなるんだよ。

アンリのフェラチオが激しくなり、いよいよ本格的な行為が始まるか……!?　と期待感が高まった瞬間に、部屋のドアがバン！　と豪快に開いた。

思ったよりも映像に没入していたのか、思わず肩が跳《は》ねる。

扉から中に入ってきたのは……よそ行きのドレスを着たスズカだった。

今回の一番の懸念《けねん》点は、彼女だ。

世間《せけん》知らずの、箱入り娘。演技など到底《とうてい》できそうにはない。

すでに、アンリの演技の素晴らしさに観客は引き込まれている。当然、この映像の主役はアンリだと思っていたことだろう。そこにスズカがやってきて、実際の性行為は彼女が行うとわかった時、彼らはどういう反応をするのだろうか。

頼むから、及第点《きゅうだいてん》以上の演技をしてください……！

そう祈りながら、少し目を細めつつ恐々《こわごわ》と映像を見る。

スズカはどしどしと歩いてきて、アンリとアベルを力ずくで引きはがした。その動きを見た瞬間、「あれっ？」と思う。

そして、彼女は息を吸い込んで、怒鳴った。

『あたしの男に何してるわけ!?　今すぐ出ていきなさいッ!!』

スズカのその声を聞いて、私はその声量に圧倒された。

彼女は激怒している。それが、画面越しにも、伝わってくる。

怒鳴られたアンリは怯《おび》えたように「申し訳ございませんっ！」と叫び、部屋から逃げ出す。

取り残されたアベルが、驚いた顔でスズカを見た。

『きょ、今日も帰ってこないって言ってただろ』

『あたしが家に帰って来ちゃ悪いわけ？　あたしが家にいない間、ああやってメイドと不倫《ふりん》してたんだ？　あたし以外の女に勃起《ぼっき》して、射精してたんだ!?』

『し、してないよ！　今日、突然あの子に迫られたんだ』

『口ではどうとでも言えるわよ！　ほんとサイテー！』

スズカは捲《まく》し立てるように怒鳴ってから、急にしゅんとした様子でうなだれる。

再び、カメラが寄る。

カメラが寄っても、スズカはアベルの方を見ていた。見ている私たちと目が合うことはない。

しかし……それがかえって、彼女の切実な感情をリアルに見せているようでもあった。

『あんたは、あたしだけのものなのに』

スズカは泣き出しそうな表情でそう言った。

『そうでしょ？　あたしだけのものって、言ったよね……？』

カメラがおもむろに動き、見つめ合うスズカとアベルを映す。

アベルは、アンリに見惚《みと》れるような顔で、頷《うなず》いた。

『ああ、そうだ。俺は、お前のものだ……』

アベルがそう答えると、スズカはぐい、とアベルの頭を手で引き寄せて、唇《くちびる》にキスをした。

押しつけるような、不器用なキス。

ゆっくりと唇を離してから、至近《しきん》距離で、スズカが言った。

『じゃあ……今、証明してよ』

スズカのその声を聞いた瞬間、私は下腹部が急激に熱くなるのを感じた。

わかるのだ。この声を皮切りに、〝始まる〟のだということが。それほどまでに、彼女の声は、言い知れない色気を孕《はら》んでいた。

私は慌《あわ》てて、ピアス型の伝達石に口を近づける。

「該当ワードは」

そう尋ねると、すぐに応答があった。

『ゼロ件です。問題ありません』

「そうですか。引き続きお願い」

『承知いたしました』

通信を切り、私は浅く呼吸をしながら画面を見る。

慌てて確認したのは……私が冷静に通信できるのはこのタイミングが最後だという予感があったからだ。私はすでに、知っている。あの二人の性行為の〝威力《いりょく》〟を。

映像の中で、二人は舌《した》を絡《から》めたキスをしていた。互いの舌を吸うように、何度も何度も口づけをする。カメラが、二人の絡み合う舌までをも、至近距離で映し出している。

「なんだ……なんだこの映像は……」

「怒濤《どとう》の展開、そして……この二人のキスは……本気でお互いを求めている……ッ！」

会場内も、もはや騒がしいくらいだった。以前参加したパブリックビューイングとは様子が違いすぎる。

熱いキスを交わしながら、アベルはスズカのドレスを力任せに脱がせてゆく。元より露出《ろしゅつ》の多いデザインのドレスだ。肩に引っかかっていた紐《ひも》をはずしただけで、スズカの上半身が完全に露《あら》わになる。きめこまやかな肌《はだ》が画面に映った。

その瞬間、会場内が沸き立った。

「美しすぎる!!」

「女神の彫刻が動いてんのかよッ!!」

「ち、乳首見せろ！　乳首見せろーッ!!」

もはや紳士は獣《けもの》と化していた。

そう、カメラアングルの妙で、ギリギリ、スズカの乳首が見えていない。完全に、監督は

〝理解《わか》って〟いる。鑑賞している者の心情を理解したうえで、焦《じ》らしに焦らしているのだ。

『スズカ……脱がすぞ……』

『ええ、脱がして、早く……！』

ベッドの上で接吻《せっぷん》に興じていた二人が、辛抱たまらぬといった様子でついに立ち上がった。

同時に、スズカの胸が上下にぷるんと揺れ、カメラもグッと引き……彼女の乳首が画面に映る。

ウワァ————!!!

という歓声が会場に響き渡った。席の隣同士で抱き合っている紳士たちもいる。蹴球《しゅうきゅう》でゴールが決まった時のような盛り上がりだった。

「ブラボ————ッ!!」

「おっぱいの先端に宝石ついてんのかい!!」

熱狂する紳士たち。さすがに私は男性ではないので、乳首にあそこまで大興奮する気持ちはわからないが……とはいえ、ここまで焦らしに焦らされて、ついに『普段は秘されている部分』が映った瞬間に興奮のボルテージが上がるのはわかる。同性だというのに、私も彼女の乳首が映った瞬間、ドキリとした。

そして、映ったのは乳首だけではない。アベルが興奮のままに、スズカのドレスを一気に下まで下ろしたのだ。スズカの完全な裸体《らたい》が画面に映る。

何度も見たことがあるというのに、やはり、彼女の裸体は美しかった。絵画的な美しさがあり、しかも、魅惑的《みわく》で、いやらしい。

「うん、いやらしい」

「最高だ！　最高の身体《からだ》だッ！」

「も、モザイクが小さい！　小さいぞッ!!」

紳士たちが大歓声を上げる中、私は目を細めて、スズカの股間《こかん》を凝視していた。

確かに……モザイクが小さい。しかし、しっかりと、隠すべき部分は隠れている。

ヒルダ……仕上げてきたわね……。腕を組んで頷いてしまう。

『スズカ……ああ、スズカ……今すぐ抱きたい』

『来て……もう準備できてるから……今すぐ来て……ッ！』

身体を密着させながら、二人は至近距離で見つめ合い、囁《ささや》き合っていた。

アベルのいきり立った陰茎が、スズカの腹にぐいぐいと当たっている様子がやけにいやらしくて、ついつい、その部分と、二人の顔の間で視線を行ったり来たりさせてしまう。

ベッドの向かいにある、小綺麗《こぎれい》な机に、スズカは両手を突いた、そして、小柄な体型の割に大きな尻《しり》をアベルに向けて突き出す。

アベルは熱に浮かされたように自分のチ●ポをスズカの尻に当てる。

「何をもたもたしてやがる!!　ドエロマ●コ様が誘っていらっしゃるんだぞ!!　さっさと挿《い》れて差し上げなきゃ失礼だろうがッ!!」

「抱けぇっ‼　抱けっ‼　抱けーっ‼　抱けーっ‼」

挿入《そうにゅう》シーンを待ちきれず、紳士たちはもはや理性を失っている。

私も同じように、身体に力が入っていた。早く、早く挿れてほしいのだ。そうじゃないと、もうおかしくなってしまいそうで。

アベルがぐ、と腰に力を入れて、ついに。

『あっ……！』

『くっ……』

二人の身体が、性器同士で、繋《つな》がった。

割れんばかりの歓声と拍手《はくしゅ》が、会場を包み込む。

盛り上がりすぎだ。まだ挿入しただけ。映像の音が聞こえなくなるから静かにしなさいよ！

心の中ではそう思っているのに、私の下腹部は、まるで自分が性器を挿入されたかのようにびくびくと反応していた。思わず、腹の少し下、子宮のある辺《あた》りを右手で押さえてしまう。全身に汗をかく。自然と、息が荒くなっていた。

「やだぁ……アベル……！　なんでぇ……！」

隣でトゥルカが泣いていた。招待したのは私だというのに、あまりにも可哀想《かわいそう》だった。しかし……その右手は、スカートの中心部でぎゅう、と股間を押さえるように握られている。そして、泣いているのに、彼女の視線は映像に釘付《くぎづ》けだった。

やはり……アンリが、例外なのだ。あの二人の性行為からは、どうしても、目が離せない。

トゥルカのさらに隣のエリオットも……半《なか》ば身を乗り出しながら、映像を見ていた。その表情は、少し上気しているように見える。

食い入るように映像を見つめながら、エリオットの唇が、動いた。

私は、目を見開いてしまう。

あまりの騒がしさに、エリオットの声は聞こえなかった。けれど……私の目には、彼の唇が〝そういう風に〟動いたように見えたのだ。

「該当ワードは!?」

私は伝達石に声を伝える。

『トゥルカ様と、エリオット様のみ、発されました』

私は伝達石を食ってしまうような勢いで問う。

「エリオットは……！　エリオットは、なんて言ったの」

やや間《ま》があって、諜報員からの返答がある。

『「アベル……そんな……」です』

認識阻害魔術が、解けている……？　私は内臓が冷えるような感覚に襲《おそ》われた。

「他には!?　他に該当ワードを発した者は!?」

『おりません。……ご存じのことかと思いますが、招待客の中には王宮勤めの者や、冒険者ギルドの幹部などもおります。それらの〝聖職者アベルを知らないはずがない〟人間から反応がない時点で、認識阻害魔術には問題は起こっていないはずです』

認識阻害魔術は、正しく作用している……？

『では。また何かあれば』

「え、ええ……引き続きよろしく頼むわ」

『承知いたしました』

混乱しながら、私は通信を切った。

認識阻害魔術に問題がないのであれば、なぜエリオットが「アベル」と口にするのだ。

彼は認識阻害魔術に〝かかる側〟として私が用意した人員のはずで……。

そこまで考えて、私はハッとする。

そして、再び、エリオットの方を見た。

彼は、潤《うる》んだ瞳《ひとみ》で映像を見つめている。右手でお腹《なか》のあたりをおさえて、脚《あし》を内股《うちまた》にして。

……それは、私が先ほど、咄嗟《とっさ》にとってしまったポーズと、酷似《こくじ》していた。

私は、股間に雷《かみなり》が落ちたような感覚に襲われる。股間が急激に湿り気を増すのがわかった。

……思い込みに囚《とら》われていたのだ。その思い込みを、たった一つの事実と閃《ひらめ》きが、破壊した。

エリオットは、男性だ。冒険者一斉《いっせい》ステータスチェックで、陰茎の型も提出された。骨格を見ても、誰がどう見ても、男だ。

けれど……だからと言って、それが『アベルを愛していない』という理由になんて、ならないではないか。

私は、人選を誤った。

誤ったことにより、きっと、彼がずっと秘していた感情を、知ってしまった。

そして……最低なことに、私はその事実に、興奮していた。

どいつもこいつも、アベルの近くに長くいた人間は、みんな、彼のことを愛してしまっている。それに気づいた途端《とたん》に、自分の彼に対して抱える感情がおかしなものではないと、恥《は》ずべきことではないと肯定されたような気がした。

そして……そんなに〝愛されている〟アベルを、今画面に映っている女が、かっさらっていったのだ。

こんなのは……。

こんなものは……！

「寝取りじゃないですか……ッ」

私はそう言いながら、口角を吊《つ》り上げていた。

『あっ、はっ……あんっ！　やんっ！　激しっ……！』

『スズカ……スズカッ!!』

画面の中で、アベルとスズカはばちんばちんと肉のぶつかり合う音を鳴らしながら、獣のように交わっている。その熱に当てられたように、観客たちが上気した表情で、両手を上げ、ワイングラスから中身をびちゃびちゃこぼしながら、熱狂している。

あの場所でアベルとセックスをしているのが自分じゃないことが、苦しく、口惜《くや》しく、腹立たしい。だというのに、今まで感じたことがないほどの興奮が、身体中を駆け巡《めぐ》っている。

私が預かって、息子のように育て、愛してきた男の子だ。ずっと私のことをエロい目で見ていたことだって知ってる。私の名前を呼びながら自慰《じい》行為をしていたことだって知ってる。彼が大人になったら、私の親としての役目は終わって、今度は彼をずっと苦しめ続けた性欲を受け止めてあげようと決めていたのに。

それを、突然現れたサキュバスに全部奪われた。サキュバスの巫女《みこ》がなんだ、私だって……！

『はっ……くっ……スズカ……ッ』

『あっ、あっ！　わかるよ……ッ、おっきくなってる……！』

『ふっ……ぐっ、うっ……出そうだ……』

二人の動きが激しくなってゆく。絶頂への坂を上り始めていることがわかる。なぜなら、見ている私も、同じ感覚を覚えているからだ。

トゥルカの気持ちが、エリオットの気持ちが、私にはわかる。

私が国王秘書官でなければ、二人をここに呼ぶことだってなかった。そもそも、サキュバス四十八手などというものにこんな近くで関《かか》わる必要もなかった。そんなものに関わろうとするアベルを連れて、遠くへ逃げることだってできた。

私たちは順当に生きてきたはずだ。失うことを乗り越えてようやく得たものの中に今の立場や地位がある。どうして今になって、自分の築いたものに苦しめられなければいけないのだ。

愛情も、恋心も、すべて、今まで積み上げてきたものだ。

どうして、それが、突然奪われなければならないのだ。

心に渦巻《うずま》いているのは、苦しみ、嫉妬《しっと》、怒り。私たちからアベルを奪ったスズカというサキュバスへの負の感情ばかりだと思った。

それなのに。

私の膣《ちつ》内はひとりでにぎゅうぎゅうと締まり、まるで性行為をしているかのように快楽信号を脳に送ってくる。

スズカに対して嫉妬している感情も、怒っている感情も、映像と共に聞こえてくる嬌声《きょうせい》とぐちゃぐちゃに絡まって、気持ちがいい。

隣で泣いているトゥルカの声も、そこから伝わってくる悲しみも、エリオットがアベルの痴《ち》態《たい》に興奮している様子も……全部、全部、気持ちいい。

わかる。

この会場には、今、〝愛〟にまつわる感情と、興奮だけが渦巻いているのだ。

私はその中に立っていて、為《な》す術《すべ》もなく、全身を愛撫《あいぶ》されている。心の弱い部分を、硬《かた》い棒で、容赦《ようしゃ》なく突かれている。

『スズカッ、イきそう……ッ！　出る……出す、出すよ、スズカッ』

『あっ……う、んッ……来て、来て来て……出して……ッ』

獣のように性器をこすり合わせるアベルとスズカ。アベルがスズカの両腕を後ろから掴《つか》み、彼女の背中を反らせると、たわわで形の整った胸が派手《はで》に揺れた。カメラはそれを正面から捉える。アベルが腰を動かすたびに、スズカの全身が振動している様子はあまりに卑猥《ひわい》だった。

二人の肌がぶつかるのと同時に、私の身体の奥が同じように震える。

もう、限界だった。おかしくなりそうなほどに気持ちいいのに、焦れている。

あと少し、もう少しだけ強くしてほしいのだ。甘く続く、焦れったい気持ち良さから、早く解放してほしい。突き抜けた先で、すべての思考を放棄《ほうき》して、果ててしまいたい。

会場は絶叫に包まれていた。

「イけ――――ッ！　出せ――――ッ！」

「はやくしろっ！！！！　間にあわなくなってもしらんぞ――――――っ！！！！」

「死ぬぅ!!　死ぬ――――ッ!!!」

皆が、快感に打ち震えながら、同時に苦しみ、解放を求めていた。

こんなに濃い愛の中に、これ以上閉じ込めないで。

お願い、イかせて。

イきたい、イきたい、イきたい!!

ぎゅうう、と全身に力が入る。

『出る、イク…………イッ……くッ……!』

『あッ!!!』

アベルがバチン！　とスズカの奥に陰茎のすべてを押し込んで、全身を震わせた。それと同時に、スズカも背中をぐっと反らせて、短い叫び声を上げる。

カメラが二人の繋がっている部分を映した。

「イッ…………!」

アベルがスズカの中に精液を注ぎ込んでいるのがありありとわかるカットが目に入った瞬間、私の中の快感が決壊した。背中を丸めて、びくびくと震える。全身に蓄積《ちくせき》された快楽が、一気にボーダーを越え、身体の外へ飛び出してゆくようだった。目がちかちかするような気持ち良さで脳が焼け、その一瞬を越えた途端に、少しずつ全身の力が抜けていく。

「……きゅううううう」

隣で、トゥルカも同じような姿勢で、喉《のど》の奥から空気が漏れるような高い音を鳴らしていた。脚ががくがくと震えているのが見えた。

『あっ……あっ……んぁっ……出てる……いっぱい……』

耳鳴りと一緒に、スズカの声が聞こえてくる。彼女の声を聞くだけで、何故《なぜ》か下腹部に快楽の余韻《よいん》が響くようだった。

もう、身体に力が入らない。背もたれに寄りかかって、ぼんやりとした目で映像を見る。

射精前の盛り上がりはどこへやら、会場はシンとしていた。みんな、声を発することができないのだと、わかっている。

『ねえ……わかった？　あんたは、あたしのだから』

映像の中のスズカが、荒い息で、蠱惑《こわく》的な笑みを浮かべながらそう言った。

そして……彼女の下腹部に、ピンク色の光を放つ〝淫紋《いんもん》〟が出現し……同時に、尾骶骨《びていこつ》のあたりから、黒い尻尾《しっぽ》がにゅるりと生《は》えてきた。

会場から、小さなうめき声のようなものが聞こえた。

「そうか……この子は、サキュバスって設定だったのか……どうりで、エロすぎるわけだ……」

前席の紳士が力なくそう呟《つぶや》くのを聞いて、私は思わずフッ、と吹き出してしまう。

その通り。しかし……本物だとは、誰も気づかない。

私たちはこの場所で、〝真〟のサキュバスに、精力と感情を絞《しぼ》り尽くされたのだ。

『一生、あたしのこと愛してくれなきゃ、ダメだよ？』

『ああ、わかった……』

返事をしながら、アベルは、遠い目をして、そのまま、その場でバタン、と倒れてしまう。

そして、彼が倒れた際に陰茎が抜けて、スズカの陰部《いんぶ》からぼたぼた、と精液が垂《た》れた。

そのカットを最後に、映像は暗転する。

会場内に、拍手が巻き起こった。それは徐々《じょじょ》に大きくなり、歓声が混ざってゆく。

絶頂後の脱力を越えて、再び思考が回り始めたということなのだろう。

……こんなものを、即興で撮ったというのか、デル・モロ監督は。やはり、アダルトスフィア界の巨匠は伊達《だて》ではなかった。

サキュバスに精力を吸いつくされ、その場で男が倒れてしまうオチ。そして、たっぷり注ぎ込まれた精液をしっかり映して暗転。なんと美しい終わり方なのだろう……か……。

「……ッ！」

私はガバッ、と座席から立ち上がった。

アベルが倒れた。しかも、あんなに派手に音を立てて。

いつも儀式が終わった後は放心状態になることを知っていたはずだ。どんな倒れ方をしたのか、画面越しでは見えなかった。頭を打ってはいないだろうか。

呑気《のんき》に映像のクオリティに満足している場合ではない。

胸の谷間に忍ばせておいたもう一つの伝達石を取り出して、声をかける。

「アンリ。応答してください」

『はい、アンリでございます』

「アベルは！　無事ですか!?」

『はい。カメラの外で、私が受け止めました。ちゃんと派手に倒れた音がするように膝《ひざ》をゴツンと床に当ててみたのですが、臨場感の方はいかがでしたでしょうか』

アンリの能天気な返答に、私は思わず怒鳴り声を上げそうになるが、こらえた。アベルを守ってくれた上に、映像のクオリティも上げたというのだ。何を怒ることがあろうか。

「………ええ、とっても臨場感があったわ。アベルが無事なら良かった」

『ご主人様をお守りするのが私の役目でございます。抜かりはございません』

「……ありがとう。それでは、私は後処理に回りますので、アベルとスズカ様のことはお願いします」

『かしこまりました』

伝達石の通信を切って、ため息をつく。

満足げに退場していく紳士たちを横目に、今度はピアスに仕込んだ伝達石を起動する。

「該当ワードは、最後まで、関係者以外はゼロですね？」

『はい。それ以外でも、気づいている気配のある発言はありません』

「そう……良かった。では、あなた方も撤収《てっしゅう》していただいて構いません。報酬《ほうしゅう》は明日、まとめて受け渡しをします」

『承知いたしました。今後とも御贔屓《ごひいき》に』

伝達石の通信が向こうから切られた。私も両耳のピアスをはずして、胸の谷間に押し込む。

会場内に何も持ち込んでいないように見せかけるのも苦労する。

さて……無事、スズカの淫紋は起動し、儀式は終了したはずだ。パブリックビューイング自体も、成功と言っていいだろう。

私のここでの残りの仕事は、会場の後片付けの段取りを指示することだが……その前に。

「……トゥルカ」

席に座ったまま背中を丸めているトゥルカ。私はその背に優しく手を触れて、声をかける。

「……ごめんなさい。思ったよりもハードな内容でしたね」

私は、トゥルカの恋心には「気がついていない」フリをしている。そうでなければ、今回の催《もよお》しに半ば強制的に招待することだってできなかっただろう。彼女がなんだかんだでここにやってきたのは、私に対して、「アベルのこと好きだからそんなものは見れません！」と言えなかったからだ。

彼女の心情をわかっていながら、私はそれを利用した。今更《いまさら》何をしても許されるわけではないが……アフターケアまで放棄するのは、あまりに無責任すぎると思った。

「リュージュさん……」

うつむいたまま、トゥルカが言った。

「あたし……アベルと、あのサキュバスの女の子が、えっちなことしてるの……すごく、イヤだった」

「……大事な仲間ですもんね、アベルは」

背を撫《な》でながら、私は当たり障《さわ》りのない返答をする。それ以外に、言える言葉がなかった。

薄っぺらいけれど、言わないよりはマシだと思った。

「イヤだった……のに……」

トゥルカの声が、鼻声になる。続く言葉は、予想ができた。

「……あたし………すっごく、気持ちよくなっちゃった……！」

そう言って、身体を震わせながら、トゥルカはまた泣き出してしまう。

私は繰り返し彼女の背を撫でながら、言う。

「この場にいた誰もが……気持ちよくなってしまったんです。あれはそういう儀式なんですよ」

「あたし……最悪なのかなぁ……イヤな気持ちになりながら、イッちゃったんだよ……」

「そんなことはありません。大丈夫……私だって、息子同然の男の子のセックスを見ながらイッてしまいました。あなたが最悪なら、私も同罪です」

「ぐすっ……うぅっ……そうなのかなぁ……いいのかなぁ……！」

「いいんですよ」

私はトゥルカの背中をさすり続ける。

そして、自分のかけている薄っぺらで中身のない言葉に、嫌気がさす。

大丈夫であるものか。

大人である私ですら……自分でも気づいていなかった、醜悪《しゅうあく》で、攻撃的な感情に向き合わされた。そして、その感情すべてが、快感として脳に流れ込んできたのだ。

あんなものを、まだ若い彼女が受け止めきれるはずがない。

あの儀式には……我々には言語化できない、圧倒的な力がある。今回のことで、確信した。

そして、私たちは、その力が人類を救うものであることを信じ……いや、そういうものであってほしいと、祈ることしかできない。


『なんと愛《いと》おしいことか』

俺の頭を、貴女《あなた》が撫でる。

『人は、愛で苦しむのに、それを知っているというのに、それでも愛を求める』

顔は見えないけれど、その声が弾《はず》んでいることは俺にもわかった。

『その営《いとな》みすべてが、余《よ》は愛おしうて仕方ないのじゃ』

貴女は、人間を愛しているのですか？

俺が訊《き》くと、貴女は一瞬、黙った。そして、言う。

『人間の〝愛〟が好きじゃ』

愛が、好き。

『そう。だから……』

貴女は優しい声色で囁く。

『余も、愛されたい』

その声を聞くと、切なくなる。貴女を愛してあげなければ、と思う。

愛します、俺が。

『そうか、そうか。楽しみよのぅ』

貴女は嬉《うれ》しそうにそう言って、くすくすと笑った。

『早く、余に会いに来てくれ』

行きます、必ず。

そして、貴女を、愛します。

『……本当に、良い子』

貴女が俺の髪を優しく撫でてくれる感触。

それが、フッ、と消える。

待ってくれ。行かないで。

もう……誰にも、置いて行かれたくない。

「アベル……？　だ、大丈夫……？」

目を開くと、目の前にスズカの胸があった。そして、その上から覗《のぞ》くようにスズカの顔が見える。頭の後ろには柔らかい感触があって……。

意識がはっきりしてくると同時に、彼女に膝枕《ひざまくら》されていることに気づく。

「あれ、俺……またぼーっとしてたか？」

「ぼーっとしてたどころじゃないわよ！　倒れたのよ!?」

「ええ……？」

「アンリが受け止めてくれたから怪我《けが》はしてないけど、びっくりしたんだから……」

「す、すまん……ちょっと激しくしすぎたかな」

俺が軽口で返すと、スズカは唇を尖《とが》らせて「バカ」と言った。パンチも平手打ちもないので、本気で心配させてしまったということなのだろう。少し申し訳ない気持ちになる。

「おうおう!!　起きたか!!!」

ドスドスと大きな足音が近づいてくる。俺が慌てて身体を起こすと、デル・モロ監督が俺にのしのしと近寄ってきて、両手で俺の手を掴んだ。そして、ぶんぶんと上下に振る。

「いやぁ、素晴らしかった!!　こんなに興奮したことはない!!　序盤のオメーのセリフは下手すぎて肝《きも》が冷えたが、セックスが始まってからは最高だった!!　ありがとう!!　ありがとう!!」

「い、いや、こちらこそ！　ありがとうございます……！　監督に撮っていただけて光栄でした！　それに、儀式も……」

　そこまで言って、俺は慌てる。

「あれ、儀式は⁉　成功したか⁉」

　バッとスズカの方に振り向くと、彼女は力強く頷いた。

「ええ。淫紋、ちゃんと起動したわ」

「よ、良かったぁ……」

　俺はその場にへたり込んでしまう。

　あんな大掛かりな儀式、失敗したら再びセッティングするのにどれだけの労力がかかるか考えたくもない。そもそも、これだけ多くの人を巻き込んだのだ。失敗しました、すみません、だなんて平気な顔して言えるものか。

　成功したなら、本当に良かった……。

「いやぁ、こんなトンチキな企画《きかく》に巻き込まれて、しかも本物のサキュバスを見ることになるなんてなぁ！　人生、何が起こるかわかんねぇよな‼」

　デル・モロ監督は興奮冷めやらぬ様子だった。なんならちょっと泣いている。彼にとっても良い経験になったのなら、何よりだ。

　俺は辺りを見回して、アンリを捜す。

今回は本当に彼女に助けられた。デル・モロ監督に撮影してもらえることになったのも半ば彼女のおかげだったし、撮影中も、緊張でガチガチになっている俺を導いてくれたのは彼女だった。そして、倒れた俺を抱きとめてくれたのも、アンリだという。

一言お礼が言いたいのだが……。

「アンリなら、裏口から出てったわよ」

俺の素振りから考えていることがわかったのか、スズカがスタジオの端にある無機質な扉を指差して言った。

「『少し出ますが、お気になさらないようご主人様にはお伝えください』、って言ってた」

「え、それで一人で出て行っちゃったのか?」

「ええ、私もほら……監督につかまってたから」

後半は小声で俺に耳打ちするスズカ。

確かにあの様子じゃスズカも俺と同じように握手を求められ、感動を伝えられ……といった流れだったのだろうと思う。そんな中フラッと出て行かれたら、追いかけることもできないかもしれない。

「ちょっと、様子見てくる」

俺はスズカにそう伝え、裏口の扉へと向かった。

扉を開けると、スタジオの表にある通りと比べるとかなり狭い路地に出た。

薄暗い路地の中で目を細めると……スタジオの外壁に背中をもたせかけて座っている人影が見えた。メイド服を着たその人は、俺の捜していた人物だとすぐにわかる。

が……薄暗さに目が慣れてきた俺は、「あれ？」と激しい違和感を覚えた。

「……アンリ？」

俺が声をかけると、壁にもたれて座り込んでいる女性が俺の方を振り向く。

「……ご主人様」

返事を聞いて、俺はようやく彼女がアンリであることを確信できた。

彼女は紫煙《しえん》をふぅー、と吐き出し、面倒《めんどう》くさそうに煙草《タバコ》の火を地面のレンガでもみ消した。火を消したのちに、どこからともなくポケット灰皿《はいざら》を取り出して、吸い殻《がら》をその中にぽい、としまう。

「お気になさらずと伝えたはずですが」

アンリの声はいつもより低かった。

「倒れた俺のこと、受け止めてくれたって聞いて」

「ご主人様をお守りするのは——」

「わかってるよ、仕事なのは。それでも……ありがとう」

彼女の言葉を遮《さえぎ》って俺が言うと、アンリは困ったように視線をうろつかせて、結局何も言わなかった。

「タバコ、吸うんだな」

俺が言うと、アンリは気だるげな声で「休憩中《きゅうけい》でしたので」と答えた。やっぱり、いつもよりも声のトーンが低く感じる。気を抜いているからなのか、それとも……疲れているからなのか。

「……休憩をいただいておりましたが、戻ります。ご主人様の手間《てま》を取らせてしまい、申し訳――」

言いながら立ち上がろうとして、彼女はぐらりとバランスを崩《くず》した。

「わっ、危ない！」

「きゃっ」

倒れそうになったアンリを、俺が受け止める。

彼女は目を丸くして、俺を見た。それから、大慌てで俺の腕の中から飛び出す。

「も、申し訳ございませんッ！　ご主人様に体重をお預けしてしまうなど……！」

「そんなの全然いいよ。それより、アンリ」

「は、はい……」

「〝完全無欠のメイド〟の君が、こんなミスをするなんて、俺には信じられないんだけど？」

俺が言うのに、アンリは明らかに狼狽《ろうばい》した様子で視線をあちらこちらへと動かした。

「も、申し訳ありません。その……私……」

「疲れてるんだろ？」

俺がはっきり問うと、アンリは肩をびくりと跳ねさせ、目を伏せた。

「……はい。申し訳ございません」

「謝るのもナシ。最初からわかってただろ……千人もの人間にバレないような精度で俺に認識阻害魔術をかけ続けた上に、少しとはいえ、女優として出演もしたんだ。疲れるに決まってる」

「しかし、メイドはいつでも――」

「アンリ。君はメイドである前に人間だろ」

俺が少し語調を強めて言うと、アンリは「もっ……」と口を開きかけてから、しゅんとした様子で「はい……」と答えた。申し訳ございません、を飲み込んだのだろう。

「なあ、もうちょっと休もう。ほら座って」

「は、はい……」

「隣、座っていいか？」

「はい……」

すっかりしおらしくなってしまったアンリ。彼女には申し訳ないが、なんだか新鮮で、面白《おもしろ》かった。

「タバコはもういいのか？　途中で消してたけど」

「はい。もとより、フィルターギリギリまで吸うタイプではありませんので」

「そっか。それでさ……」

「なんでしょうか」

「その髪色は……ど、どうした？」

控《ひか》えめに俺が訊くと、アンリは最初「？」と言葉の意味を探るように首を傾げたが、すぐにハッと息を吸い込んで、自分の横髪を軽く摑み、その色を見た。

そして、脱力したようにため息をつく。

「……お見苦しいものをお見せいたしました」

そう言って自虐《じぎゃく》的に笑うアンリ。

「そっちが元の髪色なのか？　見苦しいことなんてない。綺麗《きれい》な黒色じゃないか」

「……本気で言ってますか？」

敬語でありつつもいつもよりも砕《くだ》けた口調で、アンリは目を丸くする。彼女がそういう反応を示す意味がよくわからず、俺は首を傾げる。

俺の反応を見て、アンリは信じられない、というように小さく首を横に振る。

「……驚いた、本当に知らないのですね」

「知らないって、何を」

「この髪を晒《さら》しているだけで、大陸では〝黒髪の野蛮人《やばんじん》〟と後ろ指をさされるのですよ」

黒髪の野蛮人、という言葉を聞いて、ようやく、俺の中にもピンと来るものがあった。

「……ヒモトの出身なのか？」

俺が訊くと、アンリはスッ、と鼻を鳴らした。しかし表情は微動だにしない。

「なんだ、知ってるじゃないですか」

「知ってはいるけど……正直、俺にはよくわからない感覚だ」

俺はそう言いながら、壁に後頭部を預けて、空を見上げる。建物と建物に挟《はさ》まれた、狭い空。

「生まれや髪色で、一体何が変わるっていうんだ。それに、大陸にだって黒髪の人間はいる」

「ヒモト人の黒髪は、大陸人の黒髪とは違います。光を吸い込むような黒。大陸の人間からすれば、それは〝野蛮の証《あかし》〟にほかならない」

「そうなのか……？」

躍起《やっき》になったようにアンリが言い返してくるので、俺はアンリに顔を近づけて、まじまじと彼女の髪の色を見た。彼女は居心地《いごこち》悪そうに身体をよじった。

やっぱり……俺にとっては、ただの、サラサラな黒髪だ。

「綺麗なのに」

俺が言うと、アンリは再び目を丸くして、それから困ったように少し唇を尖らせた。

「……おかしな人」

彼女は気にしているのかもしれないが、俺にとっては、どうでもいいことだった。少なくとも、俺とアンリの関係が、彼女の髪色によって変化することなどないと思った。

そんなことよりも、気になることがある。

「タバコ、好きなのか？」

突然俺が訊くのに、アンリは慌てたように視線を泳がせる。

「……好きというか、なんというか」

彼女はもごもごと口の中で言う。

「やめられないだけです」

「あはは、まあ、そういうもんか」

当然といえば当然な返事に俺は思わず笑ってしまう。アンリは首を引っ込めながら俺を横目で見た。

「嫌ではないのですか、メイドがタバコなんて吸っていて」

「休憩中なら好きにしていいだろ」

俺は涼しい顔で答えつつ、脳内では「属性としてはむしろ大好きだ」と思った。ただ、言葉にすると気持ち悪いので口にはしない。

アンリはじとりとした目で俺を見て言う。

「さすが、任務でセックスするお方は懐《ふところ》の深さが違いますね」

「あれ、なんかイヤミ言われてる気がする……」

「ご立派《りっぱ》です」

「絶対イヤミだよね!?」

俺が声を荒らげると、アンリは目を細めて、くすりと鼻を鳴らした。

心臓がどきりと跳ねる。

今、絶対に、アンリの口角が上がっていた。ちょっとだけど。

俺も、つられて、頬が緩《ゆる》む。

「なんか、初めて、アンリの人間らしい部分を見た気がする」

「人間らしい部分」

オウム返しをするアンリ。俺はしみじみ頷いた。

「……なんか、アンリにとっての〝メイド〟は、完璧に物事をこなす存在なのかもしれないけど……俺は別に、君にそんなことは求めない。俺にとっちゃ、頼んでもないのに突然つけられた護衛《ごえい》兼メイド、って感じだからさ」

「……ご迷惑でしたか」

「ああ、違う、違う！　言い方が悪かった。そうじゃなくて……なんだろうな、上手く言えない」

俺はうんうんと唸りながら言葉を探した末に、言う。

「つまり……楽にしててほしい、ってことなんだ」

「楽に……ですか」

「そう。俺の傍《そば》で、無理しないでほしい。これはアンリだけに思ってるわけじゃないんだ。みんな、その時やるべきことに従って生きてる。それはわかる。でも……それでも、その中で幸せになっていいし、心の底からやりたくないことはやらなくていいと思う。みんながそういう風に生きられることが、〝平和〟ってことだと思うんだよな……」

俺がたどたどしく語った言葉を聞いて、アンリは何度も瞬《まばた》きをした。それから、俺に問う。

「……その〝平和〟を実現するために、ご主人様はサキュバス四十八手を行っているのですか」

「え？　いや、うーん……」

そう訊かれると、なんだか答えに困る。

そうだ！　と言ってもいい気がするし、そうではないような気もする。

頭をぽりぽりと掻《か》いて、一番正直な言葉を選択した。

「わからん。気づいたらやることになってた」

「……そんな、適当な」

「あはは……ほんとにな。勇者パーティーをはずれることになったかと思うと、急にこんな任務に就《つ》かされて、俺も全然わけがわかんないよ。でも……これが本当に世界を救うことに繋がっているんだとしたら、やり遂《と》げたいと思ってる」

流れに任せてここまで来てしまったのは、本当だ。俺自身が重大な決断をしたわけではないと思う。勇者パーティーは俺がどう反抗しようが脱退することになっていただろう。そして、サキュバス四十八手にも、俺が皇子《おうじ》として選ばれてしまった時点で、断るという選択肢《し》はほぼなかったはずだ。だから、俺のやったことといえば、『やれ』と言われたことについて、「やろう」と心から思えるように、気持ちを作ったということだけだ。

でも、世界を救いたいという気持ちだって、嘘《うそ》じゃない。それは勇者パーティーにいたころから強く持っていたもので、するべきことが変わっても、消えたりはしない。

そう、何一つ、嘘は言っていないはずなのだ。なのに……言葉にした途端に、そのどれもが本質を伴《ともな》わない軽い言葉のように感じられてしまうのは、なぜなのだろうか。

そんなことを考えているうち、ふと、俺の言葉に対してアンリからなんの反応もなかったことに気づく。

アンリの方へ視線を向けると、彼女は何やら困ったような様子で俺を見ていた。

「え……どうした？」

「あ、その……ええっと」

アンリはきょどきょどと視線を泳がせた後、ゆっくりと、言葉を選ぶようにして言う。

「先ほど、ご主人様は、『その時やるべきことに従って生きる中で、みんな幸せになっていい』と、仰《おっしゃ》いました」

「ああ……確かに、そんなようなことを言った」

「では〝世界を救うこと〟が……ご主人様が〝幸せになること〟に繋がる、ということですか？」

その問いに、身体が硬直するような感覚があった。思わぬ質問。

「あはは、いや～、どうなんだろうなぁ……？」

なぜか、俺はその質問の答えを、はぐらかしたいと思った。薄《うす》ら笑いを浮かべて、この場を適当に乗り切って……。

そんなことを思っていると、アンリと目が合った。

彼女の表情から、感情は読み取れない。けれど……この質問の答えを聞きたがっていることだけは、はっきりとわかってしまった。

そもそも……アンリが、こんなふうに言葉を重ねて質問してくること自体、初めてのことのように思う。

……はぐらかすのは、違うなぁ。

ズッ、と洟《はな》をすすり、言葉を探す。けれど……すぐに気づく。

俺は、この問いに対する答えを、そもそも、持っていないのだ。

「……そういや、考えたことなかったな」

俺は呟くように言った。

「何をですか？」

「……俺の〝幸せ〟について」

俺がそう答えると、アンリは口を半開きにして、言葉を詰まらせてしまった。その様子を見て、俺も慌てる。

「ああ、いや、すまん！　よくわかんないこと口走っちまったな！　まあとにかく、世界を守れるなら俺はなんだってやる！　そういう覚悟はもう決めてるんだ」

俺が捲し立てるように言うと、アンリは数秒俺を見つめてから、「そうですか」と曖昧《あいまい》な相《あい》槌《づち》を打った。そして、いつもよりもはっきりと、言う。

「ご立派です」

「いいよそういうのは」

正直、「ご立派です」と言われるの、かなり照《て》れくさい。どんな気持ちの言葉だったとしても、返す言葉に迷ってしまう。

アンリは小さく息を吐いて、言った。

「私は、完璧なメイドでいることに、苦痛は覚えません。そのように育てられたので。ですから、ご主人様も、何も気になさらず私をお使いください」

「そ、そう言われてもなぁ……」

「ただし、一つだけ」

「うん？」

アンリは少し間《ま》をあけてから、小さな声で言った。

「……タバコだけは、やめられないので……おゆるしください」

しおらしい態度で彼女がそんなことを言うので、俺は失笑した。

「だから、休憩中は好きにしたらいいってば！」

「……恐縮です」

「それに……髪の色も」

「……えっ」

「外では変えないと変な目で見られてイヤかもしれないけど……俺と二人きりの時は、別に、その色でも気にしないよ。いや、むしろ……その色も好きだ」

俺が素直な気持ちを伝えると、アンリはしばらくきょとんとした表情を浮かべる。

それから、困ったように眉《まゆ》を寄せながら言った。

「口説《くど》いてますか……？」

「はっ!?　口説いてない、口説いてない!!」

俺が大慌てで手をぶんぶんと左右に振ると、アンリはまた、くすりと笑った。目が細くなって、少しだけ口角が上がる。とてもささやかで、可愛《かわい》らしい笑顔だった。

「……おかしな人」

●幕間2　強奪と潜入とバニー

「何やら面白《おもしろ》そうな匂《にお》いがして潜り込んではみたものの、思った以上におかしなイベントだったな、サリー」

「潜り込んだというか、チケットを奪って入場したんでしょ。チケットとられたおじさんガチ泣きしてたよ、お姉ちゃん」

「細かいニュアンスはいいんだよ。まさかみんなで雁首《がんくび》そろえてアダルトスフィアを鑑賞するイベントなんてものがあるとはなぁ、世も末だ、世も末！」

「でもお姉ちゃんも興奮《こうふん》してたでしょ」

「いやぁ！　ありゃすごい映像だったなぁ！　盛り上がりに盛り上がっちゃっても～～！　あたしにチ●ポが生《は》えてたら今夜はサリーのこと犯しちゃってたかもしれんぞ!!」

「やだぁお姉ちゃん……！　お姉ちゃんならいいよ？」

「冗談だバカ。しかし、なんだろうなぁ……あの異様な高揚感。ただエロいもんを見てるのとは違う感覚があったんだが……上手《うま》く言葉にできん」

「それに、男優やってたの、元勇者パーティーの聖魔術師アベルでしょ？」

「おん？　そうだったのか？　勇者パーティーにはてんで興味がないもんで知らなかった！　なんでそんな面白いことを教えてくれなかったんだ！　元勇者パーティーのメンバーだと思いながら見た方が絶対楽しかったのに！」

「だって、あの会場の座席には伝達石《でんたつせき》が仕掛けられていたから。余計なこと喋《しゃべ》ると後が危ういと思って」

「さっすがサリー！　用心に手抜かりがない！」

「任せといてよ、お姉ちゃん。それに……多分、あの場で、あそこに映っているのが聖魔術師アベルだと気づいていたのは私たちだけ」

「なんだ、勇者パーティーのメンバーだったくせに人望ないのか？　そのアベルとやらは」

「そんなはずない。人望云々《うんぬん》は別にして、勇者パーティーは何度も王都凱旋《がいせん》の式典をやってる。あんなに思い切り顔を出していて、千人もの客の誰にもバレないなんて考えられない」

「……と、いうことは？」

「誰かが認識阻害《そがい》魔術を行使していたことになる」

「……なるほど、それであたしたちだけが気づいたわけか。……『破魔《はま》の宝石』、さっそく役に立つとはなぁ」

「やっぱりお姉ちゃんはツイてる」

「つまるところ？　国がこそこそエロオヤジどもを招待したイベントを開き、わざわざ認識阻害を使ってまで勇者パーティーの元メンバーが出演していて、会場の席には伝達石が仕掛けられてた、ってわけだ」

「そういうことになるね」

「こりゃあなんとも……匂うじゃねぇか。金になりそうな匂いが」

《第七手》コタツガクレ

・「霧《きり》の宝玉《ほうぎょく》」を持ち帰り、それを置いた密室の中で巫女《みこ》と皇子《おうじ》が指定された体位で交わる。
・何も見えぬ中で互いの存在を感じながら達することで、巫女と皇子の心が一つになる。

パブリックビューイングを終えて、丸一日の休息を挟《はさ》み、俺たちはまた次の四十八手への準備を始める。

しかし……またも、簡単には達成できそうにない内容であった。

「霧の宝玉……」

第七手の内容を書き写したメモを、エーリカは難しい顔で見つめている。

この光景、つい最近も見た気がする。リュージュ姉さんはもっと眉間《みけん》に皺《しわ》を寄せていたが。

「その宝玉は、どこで手に入るんだ？」

単刀直入《たんとうちょくにゅう》に訊《き》くと、エーリカは苦い顔のまま答えた。

「アセナルクスと、でぃ、ディーロ・スプートの間に、『霧の森』っていう森があるのは、し、知ってる？」

エーリカに問われて、俺は当然のように頷《うなず》く。スズカはピンと来ていないようだったが、彼女はそもそも大陸に渡ってきてから間もない。知らなくて当然だ。

正直……エーリカのこの質問によって、俺はその先を察してしまった気がした。そして、その予想が正しければ、彼女が難しい顔をしている理由にも合点《がてん》がいく。

「まさか……『霧の龍』か？」

俺が恐る恐る訊くと、エーリカは苦笑しながら、頷いた。

俺は血の気が引くのを感じた。第六手に続いて、今回も〝無理難題〟を押しつけられるのか！

俺が大きなため息を吐くのを見て、スズカは怪訝《けげん》そうに俺に視線を向ける。

「何？　そんなに強い魔物なの？」

「わからない。そもそも、霧の龍と交戦したパーティーは、存在しないんだ」

「え……？　挑む気がしないくらいに強そう、みたいなこと？」

「違う。手を出したくても、出せないんだ。出してはいけないと、国家間で〝協定〟が結ばれてる」

中央大陸中心部の国家『アセナルクス』と、その西側に隣接する国家『ディーロ・スプート』のちょうど間にある『霧の森』には年中濃霧《のうむ》が立ち込めている。長年の調査の結果、その濃霧の発生源は特殊な巨大龍であることがわかった。

『龍』という生き物は、歴史の中でたびたび出現するが、一般的な魔物のように魔族に使役《しえき》されて動いているという様子がなく、謎の多い生物だ。

のちに『霧の龍』と名付けられた巨大龍は森の中心で常《つね》に眠っており、霧を吐き出し続ける以外には特に何もしない。現状では無害な龍を安易に起こしてしまい、その結果戦火が広がるようなことになれば、両国、ひいては人類にとって損害しかない。

そういうわけで、アセナルクスとディーロ・スプートは互いに霧の森を領地と定めず、霧の龍の討伐《とうばつ》も行わないことを協定していた。

第六手では、アセナルクスの法律が、儀式の難易度を引き上げる形になった。そして、今度は国家間の協定に抵触《ていしょく》する問題ときた。第六手の時よりもずっとクリアすべき問題が多いように思われたのだが……。

「……じ、実は、〝霧の宝玉〟は、すでにいくつか採取されたことが、あ、あるの。き、霧の龍に直接何かをする必要はなくって」

エーリカの言葉で、少しだけ希望が生まれる。

彼女は雑多に本が詰め込まれている棚から、古びた分厚い専門書を取り出して、ペラペラとめくって該当のページを開いた。

「霧の龍は、身体《からだ》の中の魔力と、く、空気中の魔力を結合させて霧を生み出しているとされてる。だ、だから……それを、魔力の蓄積《ちくせき》量の多い強力な魔石に吸い込ませることができれば、き、霧の宝玉は、作れる」

「つまり……霧の龍には眠っていてもらったまま、宝玉の回収は可能、ってことか」

「理論上は、そう。でも、今まで何度か成功したからといって、こ、今回も霧の龍が目覚めないとは、か、限らない……」

エーリカは俺とスズカを交互に見てから、不安そうにうつむく。

魔物の専門家がこの様子なのだ。本当に龍というのは怒らせれば何が起こるかわからない生物ということなのだろう。

しかし……結局俺たちの返答は変わらない。

「それでもやるしかないわ。最初から、命を懸《か》ける覚悟でこの儀式に臨《のぞ》んでる」

スズカが力強く言うのに、俺も続く。

「霧の龍を目覚めさせないようにするのは、当然だ。けど……もし目覚めてしまって、暴れだすようなことがあれば……討伐するしかない」

俺の言葉に、エーリカは戸惑《とまど》ったように視線をうろつかせたが、すぐに深く息を吐いて頷いた。

「……サキュバス四十八手は、世界を救う儀式、だもんね。……そ、そういうことなら、わかった……わ、私も、腹を括《くく》る」

エーリカは決意を固めたように言い、工房の奥へと入ってゆく。がさごそと奥で何かを探すような物音がした後、彼女は、蓋《ふた》を何重にも縄《なわ》で縛《しば》りつけた木箱を持って戻ってくる。

「使うことあるのかなぁ、と思いながら……め、珍《めずら》しいものだったから、ずっと大事に、ほ、保管してたんだよね……」

エーリカは木箱の縄をほどいてゆき、蓋を開く。

その中には……あまりに〝黒い〟石が入っていた。俺はアンリの髪色について話していた時のことを思いだす。彼女はヒモト人の髪色を〝光を吸い込むような黒〟と言い表したが……まさに、目の前にあるこの石が、そういう色だった。エーリカの工房内のわずかな光源から放たれる淡い光がほとんど反射していない。そこだけぽっかりと穴が開いているようにも見える。

「これ……石……なんだよな？」

「う、うん。〝吸魔の魔石〟っていってね？　今、は、ただの石ころなんだけど、マナ……あ、空気中に漂う魔力のこと、ね？　マナと結びつくと、同じ形をしている魔力を際限なく吸収する石なんだ」

「え、えっと……つまり、霧の森に持ってゆけばこれが霧の宝玉になるってことか……？」

「う、うん。でも……使い方を誤ると周りにいるすべての生物から、ま、魔力を吸い取ってしまうから……これの扱いは、ヒルダちゃんにま、任せるのがいいと思う」

「わかった……」

魔物が出るかもしれない場所で、パーティー全員の魔力が吸い取られてしまう場面を想像して背筋《せすじ》に嫌な汗《あせ》をかく。

それで、あんなに厳重に保管されていたのか。

「どうせ私はここから出ないし、つ、使い道がないから……これは、き、君たちにあげるね。有効に使って？」

「わかった。ありがとう」

黒い石を受け取って、俺たちは工房を出る。

エーリカは自然に『石の扱いはヒルダに任せろ』と言ったが……今回、勇者パーティーに協力を求めるのは必須《ひっす》となるだろう。

霧の森へ行き、霧の龍を起こすことなく宝玉が作れれば、それでよし。しかし、最悪に備えるのであれば……霧の龍の討伐も視野に入る。

当然、そんなことを俺とスズカだけでできるはずはない。

また、勇者パーティーに力を借りることになるのか……。

彼らのことは好きだ。家族のように思っている、と言っても大げさではないくらいに。

けれど……一人脱退した身で、何度も何度も協力を求めるのは少し、心苦しい。

「アベル、どうしたの？」

気づけば、隣を歩くスズカが、じっと俺を見ていた。

「あ、いや……何でもない」

「そう……？　なんか最近、あんたぼーっとしてることが多いから」

「大丈夫だ。霧の森のことを考えてたんだ」

「……ならいいけど。あんまり一人で無理しないでよ」

スズカはそう言って唇《くちびる》を尖《とが》らせる。

「……もしかして心配してくれてんのか？」

俺が訊くと、スズカは少し顔を赤くして、ふい、とそっぽを向く。

「そりゃ……目の前でぶっ倒れられたら、心配くらいするでしょ。それに、最近は……」

そこでスズカが言葉を切る。言おうとしていたことを中断したように見えた。

「最近は？」

「いや、別に……」

「最近は、なんだよ？」

俺がしつこく訊くと、スズカが俺の胸を控《ひか》えめに叩《たた》いた。

「だから、最近はアンリがずっとあんたと一緒にいるから！」

スズカが目を吊《つ》り上げながら言うが、俺は、彼女の言わんとしていることがわからない。

「え、それがなんだ……？」

「いや！　だからその……」

　スズカの語気が弱くなってゆく。

「あんまり、話せてないっていうか……話せてないから、あんたの様子とかもよくわかんないし……儀式は順調だけど？　儀式以外の時間はあんまり会えないっていうか……」

「寂《さび》しいってことか？」

　なんとなく察して俺が訊くと、スズカはみるみるうちに顔を赤くした。

「寂しいとは言ってないでしょうが!!」

「いや、そう聞こえたから……」

「別に寂しくない!!」

　寂しいんだな……。

　確かに、最近儀式を進める時くらいしかスズカと交流を持っていなかったような気もする。もちろん、スズカを避けているとか、スズカに避けられているとか、そういうことではなく……単純に目まぐるしく状況が変化しすぎているからだ。

　特に、スズカの言う通り、アンリの存在は大きい。儀式が終わってすぐにアンリが入ってきて世話を焼いてくれるものだから、スズカとゆっくり話す時間もとれていなかった。

「明日からはまた遠征になるだろうから……」

　俺はスズカの肩を、自分の肩でとん、と小突《こづ》いた。

「今日は一緒にメシでも食うか」

俺が言うと、スズカは結《ゆ》わえた髪を手指でいじりながら、頷く。

「うん……食べる」

唇を尖らせながらそう言うスズカ。ちょっと嬉《うれ》しそうで、可愛《かわい》い。

思えば、スズカはずいぶんと遠くから、この地にやってきた。

俺は、勇者パーティーを抜けても、結局あの頃の人間関係の延長線上にいるような気がする。

一方、スズカは、俺以外に〝近しい仲〟と言える存在はいないのではないかと思った。

俺が他の人間とばかり話していたら、彼女には話し相手がいなくなってしまう。そんなことにも気がつけないほどに、俺は儀式と、その準備で手いっぱいになっていたということか。

「何食べたい？　スズカは王宮の外に出られないから、俺が代わりに買ってくる」

「ヲーヌン……」

「ヲーヌンは持って帰れないから無理だ……」

「じゃあ……あんたが好きなやつ」

「俺？　俺の好きな食べ物ってこと？」

「そう」

「……わかった、買ってくる」

スズカは、普段からつんけんしているように見えて、結構、人懐《ひとなつ》っこいところがあるのかもしれない、と思った。

何を買ってきてやろうか。そんなことを考えながらスズカと並んで歩いていると、久々に、少しだけ気を緩《ゆる》めることができたような気がした。


霧の森へは、馬車を飛ばして三日かかると説明を受けた。

また馬車か……と思わないでもなかったけれど、儀式のためなのだから仕方がない。

馬車の荷車は木の板でできていて、座っているとお尻《しり》が痛い。

そして……荷車の中の空気も、重い。

「なんであたしたちがこう何度も何度も儀式を手伝わなきゃいけないのよ……」

私の向かいに座っているトゥルカが、本気でイヤそうに言った。それから、私を睨《にら》む。

「トゥルカ。秘書官からの依頼なんだから、文句言わないで」

勇者エリオットがトゥルカを宥《なだ》めてくれるけれど、彼女は私と目が合うたびにこちらを睨みつけてくる。……居心地《いごこち》が悪い。

隣にアベルがいてくれたら、もう少し気が楽なのになぁ……なんてことを考えて、私はすぐに頭を振る。

今回の遠征では、勇者パーティーには『スズカ姫の護衛《ごえい》』と『霧の龍が起きた際、それを討伐』という任務が与えられている。なぜ護衛対象が私だけなのかと言えば、アベルを護衛するのはリュージュの雇《やと》ったメイド、アンリだからだ。

アベルとアンリ、そしてこちらの馬車の定員からあぶれた黒魔術師ヒルダは、後方の小さめの馬車でついてきている。

アベルは「スズカは俺と一緒の馬車にしてもらえない？」と頼んでくれていたけれど、勇者パーティーと私を同じ馬車に乗せるのはリュージュからの指示なのだという。まあ、護衛者と、護衛対象が別の馬車に乗るというのは、どう考えても得策《とくさく》とは思えない。リュージュの判断がおかしいとも言えない。

けれど……長い間移動するというのに、仲良くできそうにもない相手と顔を突き合わせ続けるというのも、とにかく居心地が悪い。

他のメンバーはともかく……弓術《きゅうじゅつ》師トゥルカだけは、明らかに私を敵視しているのが伝わってくる。そのくせ、ちらちらとこちらを見てくるものだから、どうしても目が合ってしまう。目が合うと、睨まれる。どうすればいいというのか。

というようなことを考えていると、また、トゥルカと目が合った。そして、睨まれる。私はついに我慢《がまん》できなくなって、口を開いた。

「そんなに睨まないでよ……居心地悪いから」

「別に睨んでない」

てる。


「絶対睨んでた。しかも何回も」

「自意識過剰《かじょう》なんじゃない？　お姫様なんだものね」

明らかに嫌味を言われたとわかる。私が〝姫〟に見えないことくらい、私が一番よくわかっ

「なんでそんなにあたしを敵視するわけ？」

我慢ならず、踏み込んだことを訊いてしまう。これが喧嘩《けんか》に発展するような質問であることは理解しているはずなのに。

案の定、トゥルカは目を吊り上げた。エリオットが気づいて止めようとしたけれど、もう遅かった。

「アベルをあんな儀式に巻き込んだからに決まってるでしょ!?」

トゥルカが怒鳴ると、周りに座っていたパーティーメンバーたちも少し慌《あわ》てだす。盾《たて》戦士のジルだけは一瞬薄く目を開けたけれど、すぐに目を閉じてしまう。肝《きも》が据《す》わっている。

しかし、私も少し頭に来ていた。世界を救うために頑張っているというのに、なぜ〝あんな儀式〟だなんて言われ方をしなくてはならないのか。

「あたしも、アベルも、本気でこの儀式に取り組んでる。そんな言い方はやめて」

私が語調を強めて言うと、先に怒鳴ったくせに、トゥルカはうっ、と言葉を詰まらせた。

「でも、だって……」

涙ぐみ始めるトゥルカ。

重苦しい空気に耐えかねたように、エリオットが間に入ってくる。

「トゥルカ。まだまだ旅は長いんだから。喧嘩しないでくれよ……」

エリオットはトゥルカの肩をぽんぽんと叩いてから、私の方を見る。その目には、いろいろな感情が浮き沈みしているように見えた。

「スズカさん……トゥルカは、アベルのことを本当に大切に思ってるんだよ」

エリオットは穏《おだ》やかな口調で言う。

「それは、僕も同じだ。いや……勇者パーティーのみんなが、彼のことを大切に思っていた。それが急にいなくなって、困惑《こんわく》したり、怒るなって言われても、難しいよ」

そう言われて、私は上手《うま》く言葉を返すことができなかった。

『パーティー』というものが、魔物の討伐などの目的達成のために、冒険者たちが寄り集まってできているというのは知っている。けれど、そんなに、互いに絆《きずな》を育《はぐく》んでいるものとは、知らなかった。ずっと島で生きてきた私にとっては、縁遠《えんどお》いものだったから。

何も言えなくなっている私を見て、エリオットは優しく微笑《ほほえ》む。

「けれど、君たちの任務が命がけのもので、それに全力で取り組んでることも、理解してるつもりだ。トゥルカの物言いは、僕が代わりに謝る。だけど……トゥルカのことも、責めないでやってほしい」

諭《さと》すように言われて、私はうつむいてしまう。

私は、ついさっきまで……トゥルカのことを、私のことが気に入らなくてやたらに嚙《か》みついてくるヒステリー女だと思っていた。

けれど、先に彼女を傷つけたのは、私だったということだ。エリオットも、私が大陸にやってきて儀式を始めたことで迷惑を被《こうむ》ったというのに、こうして大人な態度で、私に謝ってくれた。

世界のため、と言いながら、私は自分のことばっかりだったのかもしれない。

「……私は、あなたたちの大事な仲間を奪ってしまったのね」

私が呟《つぶや》くと、トゥルカが顔を上げて、また、私を睨んだ。

「大事な仲間……とか、そういうことじゃない」

「え……？」

さっきそう聞いたのに、違うと言われて困惑する。私の思考が追いつく前に、トゥルカが言った。

「……好きだったの」

「……えっ？」

「好きだったの！　アベルのことが!!」

好き。それは多分、恋愛感情とか、そういう意味。

私は、ぽかんと、口を開けたり閉じたりすることしかできなかった。

「それなのに！　あんなの見せられて！」

そう言いながら泣くトゥルカ。あんなの、というのは多分、パブリックビューイングのことだ。リユージュが、勇者パーティーメンバーを何人か招待すると言っていたはず。

……そうか、トゥルカは、アベルのことが、好き、だったのか……。

身体が冷たくなるような感覚があった。

今まで……儀式をこなすのに必死で、彼のことを愛している人間がいるかもしれないことなど、考えもしなかったからだ。

胸の奥でつかえている言葉をなんとか絞《しぼ》り出そうとするけれど、上手くいかない。

「あ、あたしは……」

何か言わなきゃ。そう思うのに。

そのどれもが、目の前のトゥルカを慰《なぐさ》めようとする、ただこの場をごまかそうとするだけのもののような気がして、焦《あせ》る。

「……あんたはどうなのよ」

トゥルカが、真っ赤な目で私を見て言う。

「あんたは、アベルのこと好きじゃないの……!?」

まっすぐ問われて……戸惑う。

嫌いではない。儀式を共にする仲間として、信頼している。

でも……トゥルカが彼に寄せる気持ちと、自分の気持ちが、同じなのか。恋愛経験のない私にはわからなかった。

「……わ、かんない………」

結局、私はそう言うことしかできなかった。

私の情けない言葉を聞いて、トゥルカは一瞬その顔に怒りを露《あら》わにしたけれど、すぐに、また苦しそうに、顔を伏せて泣いた。

エリオットはトゥルカの背中を撫《な》でながら、私の方に、なんとも言えない視線を向けて小さく頭を下げた。

胸が苦しくなる。

私は……自分が思うよりも多くのものを、多くの人から奪っているのでは？

そんな思いが胸の中をぐるぐると回って……馬車に揺られながら、私はずっと同じようなことを考え続けていた。


隣に座るヒルダは、にこにこしている。にこにこしているのに、めちゃくちゃ怖い。

霧の森への遠征は、やはり勇者パーティーと一緒に動く形となった。

スズカの護衛と、霧の龍が目覚めた際の討伐を任された勇者パーティーは、そのおおかたのメンバーが前方を走る馬車に乗っている。スズカの護衛も仕事に含まれていることから、スズカもそちらの馬車に同乗している。

しかしこの魔術師ヒルダだけは、前方の馬車の定員からあぶれたため、俺とアンリの乗る少し小さな馬車の荷車に同乗していた。

ヒルダとは付き合いが長いし、なんだか波長も合う。気楽な旅になるなぁ……と思っていたのに。

「モザイク魔法、本当に大変だったんだけど?」

「その節は大変お世話になりました……」

「言葉での礼とかいらないから」

「か、金ッスかぁ……?」

「違う」

ヒルダがぐい、と俺に顔を寄せて、小さな声で言った。

「エレクトザウルスとの戦いのときにあんたがやった〝アレ〟、一体、何?」

問われて、俺は全身に鳥肌《とりはだ》が立つのを感じた。触れてはならぬ部分に触れられたような感覚。

「いや、あれは……王宮の薬剤師からもらった精力剤を飲んで、それでめっちゃスゲー射精をした感じで」

「そっちじゃない。その前にやったやつ」

「んーっと……あれは新しく編み出した聖魔術で……」

「嘘《うそ》」

なんとかごまかそうとするが、ヒルダは見逃してくれない。

彼女は懐《ふところ》からペンダントとして加工されたクリスタルを取り出して見せた。

「あんたがあのよくわからない〝唇みたいなもの〟を出した時、このクリスタルが反応した。これは、〝神性〟を帯びたものや事象に反応する石なの」

ヒルダは言いながら、俺を睨みつける。

「あんた、いつの間に『神』と繋《つな》がったわけ」

「ちょ、ちょっと待て、本当に何言ってるかわからない」

神？　よくわからない話になってきた。困惑する俺をよそに、ヒルダはぐいぐいと俺に顔を寄せてくる。チューできちゃいそうな距離なんですが……。

「サキュバス四十八手は江呂《えろ》島の儀式なんだそうね。

ないってリューージュ師匠《ししょう》から聞いたわ。じゃああなたが使ってるその力は何？　どうして神託《しんたく》の巫女でもないあんたが神の力を行使してるわけ？　神と繋がった自覚はある？　夢の中で会話したとか！」

「いや、ほんとに、ちょ、待」

「知ってることを教えなさいよ」

「なんにも知らな――」

「いい加減にしてください」

勢いが止まらないヒルダの喉元《のどもと》に、アンリの剣の柄《つか》が突きつけられた。

黙って聞いていたはずのアンリが、一瞬のうちにヒルダに肉薄していた。

「ご主人様を脅迫《きょうはく》するのは、たとえ勇者パーティーのメンバーであってもこの私が許しません」

「……なんでメイドに邪魔されないといけないわけ」

「メイドだからです」

アンリの眼光が鋭くなる。しばらく見つめ合ったのちに、ヒルダはため息をつき、俺から離れる。そしてひらひらと手を振った。

「……あたしが悪かった。長年研究してるテーマなのよ、〝神性〟っていうのは」

荷台のへりに寄りかかるようにして、ヒルダが言った。

「ほら……アベルにはわかると思うけどさぁ。あたしには〝黒魔術しか〟ないわけよ」

ヒルダの言葉の意味は、俺にもわかった。俺にも〝回復魔法しか〟ないのだ。それだけを研《と》ぎ澄《す》ませることで、なんとか今まで生きてきた。

「ほかに趣味があるわけでもないし、あたしは今までの人生のすべてを、魔術の研究にささげてきた」

知っている。彼女は俺以上に、勤勉に魔術の研究をし続けていた。小さい頃から。そして今では、リュージュ姉さんにも認められる黒魔術師になったわけだ。

「でも、今まで人間が積み重ねてきた魔術体系では理解の及ばない奇跡が、歴史の中で、たびたび起こったでしょ。それが、『神の御業《みわざ》』。アセナルクスで言えば、〝王都決戦〟の時に起こったのがそれ」

魔族が王都アセナルクスに攻めてきた際、神の御業によって城壁を突破されずに済んだ……という話。教科書にも載《の》っているような有名な話だ。俺たちが生まれるよりもずっと前の話だから、「神様が王都を救ってくださった！」という話に正直、実感は持てないが……。

「魔術を研究している身としてはさ？　その神様の力というのが、本当に『奇跡としか言いようのない何か』なのか、それとも……『魔術の延長上』にあるのか、それが気になって仕方ないわけ。だから、私は勇者パーティーに入ったころから、魔術の研究と並行して、神性の研究も続けてきたわけ」

ヒルダは、夢を語る子供のように目を輝かせていたが、スッとその温度が下がる。

「でも、神の御業をこの目で見る機会なんて、いつあるかわからないじゃない。私が生きているうちに起こるとは限らない」

少なくとも、アセナルクスでは王都決戦以降一度も神の奇跡は観測されていない。

「そんな中……あんたが突然、神性を帯びた力を使ったから、あたしにとっちゃ千載一遇《せんざいいちぐう》のチヤンスだったわけ」

ヒルダはそこまで語って、俺の方を見る。

なるほど、面白《おもしろ》半分で訊いてきているわけではないことはわかった。彼女の研究にとって、俺の以前に使った力が重大な手掛かりとなるのであれば、そりゃあ、興味を覚えずにはいられないだろう。

しかし……。

「実のところ、本当に、俺にもよくわからないんだ。あの時は必死で……」

俺は正直に、そう言うしかなかった。

あの時は、必死にスズカを守ろうとして、あの力を使っていた。

その時のことを思い出そうとすると、どうにも頭の中にもやがかかってしまう。

「……もし」

ヒルダは神妙《しんみょう》に言った。

「もし、本当に、あの力が『サキュバス四十八手』によってもたらされたものなのだとしたら」

彼女はそこで言葉を区切って、俺の目を見る。

「……本当に、世界を救える儀式なのかもしれない。神託の巫女以外が、神の力を行使するだなんて、聞いたこともないから」

そう言ってから、「内容はあまりに馬鹿《ばか》げてるけど」と付け加える。

「ただ……気をつけなよ」

「……何をだ?」

「その力のこと」

ヒルダはそう言って、俺の胸をトン、と人差し指で押す。

「大きすぎる力を手に入れて、ロクなことになった例をあたしは知らない」

彼女の表情は穏やかだったが、それとは対照的に、言葉は重い。

「……特に、よくわからず使ってるなら、なおさら」

確かに……俺は、よくわからずにあの力を使った。でも、その結果スズカを守れたし、エレクトザウルスも倒すことができた。あの力がなければ、あの後みんながどうなっていたかは、わからない。

「これで誰かを守れるなら……俺は」

「誰かを守ってあんたが死ぬわけ?」

ヒルダの声が鋭くなる。

「馬鹿馬鹿しい……置いて行かれる側の気持ちを、あんたは知ってるはずなのに」

「……」

彼女の言わんとしていることはよくわかる。

俺と同じく、ヒルダも、魔族との戦争によって両親を失っている。世界を守るために戦った両親を誇りに思わなかったことなどない。今でも尊敬している。……けれど、俺も、ヒルダも、小さいころから孤独を感じて生きてきた。リュージュ姉さんや、ヒルダとはいつでも会えたし、幼馴染《おさななじ》みもいたし、エリオットだってあの頃から仲が良かった。俺は一人じゃなかったけれど……それでも、肉親のいない寂しさが埋まることは、なかった。

一番身近な人間がいなくなることの寂しさと恐ろしさを……俺は何度も経験してきた。

「それに」

ヒルダはスンと鼻を鳴らす。

「あんたが死んで、サキュバス四十八手が成功しなかったら、あのサキュバスの子も死ぬんでしょ。今やあんたの命はあんただけのものじゃない。……絶対に、死ぬんじゃないよ」

「……ああ。当然、死ぬ気はない」

「どうだか。……危なっかしいんだよ、いつもいつも」

ヒルダが言葉を続けるのに、黙って聞いていたアンリが口を開いた。

「お言葉ですが。今は私が護衛についておりますので」

「メイドさんが護《まも》ってくれるから安全って？」

「ええ、そうです」

「守りきれる自信があるわけだ」

「ええ、メイドですので」

自信満々に言い切るアンリを訝《いぶか》しげに見てから、ヒルダは俺に視線をよこす。

「……この人の中の〝メイド〟ってどういう生物なわけ？」

「完全無欠らしい」

「はっ、ウケる」

ヒルダが嘲笑《ちょうしょう》するのに、アンリが眉《まゆ》をぴくりと動かすのがわかった。俺も、ヒルダを肘《ひじ》で小突く。

「そういう言い方はどうだろう。アンリはいつだって真剣なんだぞ」

俺が言うのに、ヒルダは眉を寄せる。

「あんた本気で信じてるわけ？」

「そりゃ、そうだ。アンリが〝完全無欠〟だって言うなら、そうなんだろ」

少なくとも、俺の知る限り、アンリはいつだって完璧《かんぺき》なメイドだった。……極度に疲れている時を除いて。

「あんたってほんと……」

ヒルダがじとっとした目で俺を見る。

「なんだよ」

「いや、もういいや……あんたらと話してると疲れる」

面倒《めんどう》くさそうにそう言って、外套《がいとう》のフードを深々とかぶるヒルダ。

「宿に着くまで寝る」

そう言い放ったと思うと、ヒルダはすぐに寝息を立て始めた。

さすが勇者パーティー。寝ようと思った時にすぐ寝られるのも、一流冒険者の資質だ。

現地に着くまではのんびりとした馬車の旅になるだろうと思っていたのだが……思わぬ方向からヒルダがぐいぐい来て、少し疲れてしまった。

「……俺も休む。アンリも、少しは気を抜いてくれ」

俺がそう指示すると、アンリは頷き、いそいそと荷台の端まで移動する。そして、タバコを取り出して火をつけた。

ぷかぷかと馬車の後方に煙が流れてゆくのを、眺《なが》める。

「美味《うま》いか？」

俺が訊くと、アンリはこくりと頷く。

「ええ……半日ぶりですので」

相変わらずの無表情だったが、なんとなく声色《こわいろ》が弾《はず》んでいるように、俺には感じられた。

……今回の遠征は今までよりもかなり移動時間を要する。日中の間、馬車を走らせ続けても、三日はかかる行程だ。夜はどこかの街で休息を入れなければならない。これでも勇者パーティーの頃の度重《たびかさ》なる長旅に比べれば楽な方だったが……俺は、スズカの体力がもつかどうかが心配であった。それに……向こうの馬車の様子も、気になる。

9章 ◆ 温泉と色恋と握手

Succubus 48 technique

「どぅは～………久々の温泉……最高だ………」

岩で囲まれた温泉の、熱い湯に浸《つ》かりながらため息を漏《も》らす。

遠征が始まって二日目の夜。なんと宿に温泉がついていたのだ。しかも、露天《ろてん》風呂である。

王宮の大浴場もいいが、こうして外気に触れながら温まれるのは、なんだか心の疲労も回復するような気がするのだ。

「隣、失礼するよ」

さっさと身体《からだ》を流して一足先に湯に浸かっていた俺だったが、エリオットも身体を流し終えて俺の隣に浸かる。それから少し遅れて、ジルもやってきた。

「こうして三人で風呂に入るのも、随分《ずいぶん》久しぶりな気がするなぁ」

俺が言うと、エリオットはくすりと笑った。

「そうだねぇ……実は、君がパーティーを抜けてから、一度温泉に入る機会があったんだよ」

「ええ!?　そうなの!?　……えっ、混浴？」

「ばか、違うよ。まあ天然の温泉ではあったから、厳密に男湯女湯って分かれてたわけじゃないけど。ちゃんと互いに見えないようにしてさ」

「なぁんだ、そうだったのか……」

別に自分が行けたわけでもないのに、混浴でないと聞いて少しがっかりした。

「……君も知ってる温泉だよ？」

エリオットが少しいたずらっぽい表情で俺を見てくる。何かと思い、ジルの方を見ると、彼もなんだかにやついていた。

「え？　一緒に行ったことあるところか……？　さすがに場所まではあんまり……」

「違う、最近湧《わ》いたところ」

「最近……？　…………あっ、もしかしてギスカデ山脈の……？」

「正解！」

エリオットは楽しそうに手を叩《たた》いた。なんだか、彼は普段は頼りになる勇者、という感じなのに、男だけになって気を抜いているときは妙に可愛《かわい》らしいところがある。

「あの温泉はサキュバス四十八手によって湧いた温泉なんだろ？」

「そうらしいな。一つ目の福音《ふくいん》……そんなに経《た》ってないはずなのに、もう、ちょっと懐《なつ》かしく感じる」

「あの温泉のおかげで、僕は魔物に受けた毒から解放されたんだ。君に助けてもらったと言っても過言ではない」

「えっ……そうなのか!?」

エリオットの言葉に、俺は驚く。

解毒《げどく》や解呪《かいじゅ》の効果がある温泉が、ギスカデ山脈に湧いた……という福音を聞いた時は、『そりゃあ冒険者にとってありがたいことだなぁ』とぼんやり思ってはいたものの、こんなに身近な人を助けることになっていたとは知らなかった。

「そっか……エリオットたちの役に立ってたなら、そりゃ、嬉《うれ》しいなぁ」

俺はしみじみと頷《うなず》く。

「温泉の時だけじゃない……エレクトザウルスとの戦闘でも、僕たちは君に助けられた」

さっきまで楽しそうにしていたエリオットが、気づけば真剣な表情になっている。

「いや、逆に俺も助けられたよ、あの時は。エリオットたちがいてくれなかったらどうにもならなかった。俺にあんな巨体を倒すだけの力はない」

「……そうかもしれないけど」

エリオットは言葉を濁《にご》らせる。

「君が見たこともない力を使って、その後……突然裸《はだか》になって、その、ほら……射精しなかったら、活路は見いだせなかったから」

「あ、あんまり全部言うなよ……それだけ聞くと俺が変態みたいだろ」

俺がもごもごと答えると、エリオットとジルは俺を無言で見た。えっ、この場面で無言になるのやめて？　ほんとに変態だと思われてるみたいじゃん。

「助けられたけど……君が相変わらず無茶な戦い方をしてるのは、よくわかった」

エリオットの口調が変わる。これは、怒られる時のやつだ。俺は先手を打って言い訳をする。

「でも、あの時はどうにかしないとみんな死んじゃうと思ったからさ……」

「そのために君だけが死んだらどうにもならないでしょ。君は気絶してたから知らないかもしれないけど、あの時の君の股間《こかん》からの出血はすごかったんだよ。エリナが目を覚ましてくれたからなんとか応急処置ができたけど……」

「す、すまん……」

俺、女の子に股間の応急処置をさせたのか……。申し訳ない気持ちになる。

「もう、いつでも僕たちが守れるわけじゃないんだよ。あんまり、無茶なことばかりしないでほしい」

「……エリオットはそう言うけど、俺だって、みんなを守りたいんだ。ただ俺にはみんなを守ってやれるような力がないから……だから、世界丸ごと救いたい」

「そのためには、まず君が身を守ることが大事。そうでしょ？」

諭《さと》すように言われて、俺はしぶしぶ、頷く。

「……それは、そうだ。死ぬわけにはいかない」

「うん、その通り。頑張るのはいいことだけど、無茶はしない。わかった？」

「はい……」

結局、しっかり叱《しか》られてしまう。しょんぼりする俺を見て、ジルが鼻から息を吐いた。

「なんだか、お前がエリオットに怒られてる姿も、懐かしく感じるな」

「うるせぇな……エリオットが真面目《まじめ》すぎるんだよ」

「僕だって、怒りたくて怒ってるわけじゃないよ！」

エリオットが大声を上げ、三人は一瞬黙り、それから同時に笑った。

「懐かしいな、ほんとに」

いつも、こんな感じだったな、としみじみ思う。

サキュバス四十八手に関《かか》わってから、まだ二週間も経っていないというのに、随分と元の生活から離れてしまったような気がする。

ただ……それは、俺だけじゃない。単身で王都までやってきたスズカだって、俺が抜けた後の勇者パーティーの仲間たちだって、みんな、目まぐるしい変化の中にいるのだ。

「移動中、スズカの様子はどうだ？」

ずっと気になっていたことだ。昨日は宿に到着したのも遅く、ゆっくり話す時間もなかった。

俺の質問に、エリオットとジルは顔を見合わせて、同時に困ったように息を吐いた。

「トゥルカとちょっと……折り合いが悪くて」

エリオットは言葉を選ぶようにそう言う。

「そうか……」

俺は曖昧《あいまい》な相槌《あいづち》を打つことしかできない。

俺も、トゥルカとはちょっと顔を合わせづらいところがある。彼女とは喧嘩《けんか》別れしてそれっきりだったのだ。

トゥルカは、俺によく懐《なつ》いていたから……スズカに俺をとられた、というような気持ちになってしまってもおかしくはないと思う。そして、俺は一度トゥルカに〝誘われた〟のを断っている。本当はサキュバス四十八手が理由だったのに、それらしい理由をつけて断ってしまった。

そんな俺がスズカとはエロいことをしている、というのも、面白《おもしろ》くないだろう。

あの時は本当のことを言えなかったとはいえ……傷つけてしまったのはわかっている。俺もタイミングを見つけて、しっかりと彼女に謝らなければいけないと思う。

「俺が一緒にいてやれたら良かったんだけどな……」

俺がぽろっと零《こぼ》すように言うと、エリオットは目を丸くした。

そして、動揺するように、若干《じゃっかん》震える声で俺に訊《き》く。

「その……アベルはさ……」

「うん？」

「スズカさんのこと……好きなの？」

そう訊かれて、俺はぽかんとする。何をわかりきったことを……。

「そりゃ、好きだけど」

「やっぱり好きなの!?」

エリオットがざばっ！　と立ち上がる。目の前に突然おちんちんが現れて思わず目を逸《そ》らす。

「だからそう言ってるだろ。まだ付き合いは短いけど、一緒に儀式を進めていく相棒《あいぼう》だぞ」

「あ、相棒……そっかそっか……えっ？」

エリオットがゆっくりと湯に浸かりなおしながら、眉《まゆ》を寄せる。

「あ、もしかして『人として好き』みたいなこと？」

「当然、そうだ」

「あー……いや、そうじゃなくてね。恋愛的に好きなのか、って訊いたつもりだったんだよ」

「あっ……あー！　恋愛！　恋愛ね！　そうかそうか」

恋愛。あまりにも自分に縁遠《えんどお》いもので、考えたこともなかった。

「いやぁ……そういう感じではないかもなぁ……というか……俺、そもそも恋愛的にひとを好きになったこと、ないかもしれん」

俺がそう言うと、エリオットはきょとんとする。それから、少し目を細くする。

「それは、嘘《うそ》じゃないかな」

「嘘？　そんなつもりは」

「だって君は……ルキのことを――」

「エリオット」

咄嗟《とっさ》に、思ったよりも鋭い声が出てしまった。硬直するエリオットに、俺はごまかすように笑ってみせた。

「あの時はまだ小さかっただろ！　恋とか、そういうのわからなかったし」

「あ、そ、そっか……そうだよね……」

エリオットも、取り繕《つくろ》うように笑った。ジルだけが、よくわからないというように、俺とエリオットを交互に見ている。

「いや、なんというか、アベルは誰とでも上手《うま》くやれるし、女の子にも懐かれがちなところがあると思うんだよね」

「まあ……少なくともトゥルカにはわかりやすく懐かれてたよな」

「そうだろ？　でも……その割に、女の子とは明確な一線を引いてるところがあったというか……一定以上の距離より近くには寄せつけないところがあったというか……」

よく見ているな、と思った。さすが、俺の数少ない幼馴染《おさななじ》みだ。

ただ……俺は、そんなロジカルに線引きをしてるわけじゃなかった。単純に、女の子と仲良くなりすぎると、自分の性欲を抑えられなくなりそうで怖かったのだ。

思えば、恋愛的な感情は抱かないくせに、女の子のことをエロい目で見続けているというのも、なんだか人間性を疑われる話だ。俺は出会う女の子のほとんどを性的な目で見ているところがある。だというのに……恋愛感情のようなものが湧いたことは、ほとんどない。

「あ、アベル……？」

エリオットが俺の顔を覗《のぞ》き込む。

「大丈夫？　難しい顔して」

「ああ、悪い。ちょっとぼーっとしてた」

「ご、ごめん……僕のせいだね……」

エリオットは明らかに俺の顔色を気にしていた。

「気にしないでくれ」

いろいろな意味を込めて、そう言う。エリオットもきっと悪気はなかったし、過剰《かじょう》に反応してしまったのは俺だ。今さら、その名前が出るとは思っていなかったものだから。

変な空気を断ち切るためにも、話を元に戻すべきだろう。

「スズカは、覚悟を持って王都にやってきた。そういうスズカを俺は尊敬してるし、守ってやりたいと思う。それだけだよ」

俺が言うと、エリオットは穏《おだ》やかに笑って、頷く。

「君らしいや」

エリオットはそう呟《つぶや》いて、空を見上げる。

今日はたいそう天気が良くて、たくさんの星が見えた。

「無理しないでね、アベル。君が何に対しても一生懸命なのは僕も知ってる。でも……君が傷つくのを望んでる人なんて、誰もいない」

「……ああ。ありがとう」

俺は、思った以上に、多くの人間に心配をかけているようだった。

俺のことを気にかけてくれる人がいることを、嬉しく思う。

それと同時に……心配をかけてしまう自分のことを不甲斐《ふがい》なくも思う。

「ところで、あっちは大丈夫かね」

ジルがぽつりと言った。

「あっち？」

「……女湯だよ。あいつらも今入浴中だろ。トゥルカとスズカ姫が喧嘩してないといいけどな」

ジルがそう言うのを聞くや否《いな》や、俺は股間に違和感を覚えた。

慌《あわ》てて見ると、ピーン！　と息子が起立している。

「おお、相変わらずデケェなお前」

「アベル……　〝女湯〟って単語だけでそんな……」

「見るな見るな!!　生理現象なんだ!!」

なぜだか、勃起《ぼっき》チ●ポは、女の子に見られるよりも男に見られる方が恥《は》ずかしい。

「しかしいつも思うんだけどさ、なんでアベルなわけ？　一般的にはさぁ、エリオットの方がモテるじゃん。あいつ顔良いし、優しいし、しかも強いし」

ヒルダが気持ちよさそうに湯船に浸かりながら言った。

トゥルカは湯に口をつけてぽこぽこと泡《あわ》を出しながらそれを聞いていた。そして、がばっ、と口を出して、反論する。

「アベルだって優しいもん！　あたしが怪我《けが》したら必死な顔して治してくれるし！」

「そりゃ聖職者なんだから、治すでしょうよ」

「顔だってかっこいいもん！　いつも目の下にクマできてるけど、それも、ちょっとイイし」

「はいはい、結局惚《ほ》れてるから全部良く見えてるだけってことね」

ヒルダは自分から話を振っておいて、だんだんと面倒《めんどう》くさそうな顔になっている。

「それに……なんか、いつもおちゃらけてるけど……たまにすごく寂《さび》しそうな顔をするんだ。それを見てるうちに……あたしが、寂しくなくさせてあげたいな……って」

トゥルカがそう言うのを聞いて、ヒルダはスッと鼻を鳴らした。

「あいつも罪だねぇ～、こんなに思ってくれる子がいるのに。気づいてる様子ないぜ、あれ」

二人の会話を聞いていると、私の隣に、勇者パーティーの新しい聖魔術師、エリナがゆっくりと入ってきた。視線を向けると、無言のまま微笑《ほほえ》んで、小さく会釈《えしゃく》をしてくれる。

ほとんど話をしたことはないけれど、穏やかで、感じのいい人だ。

「ヒルダは？　ヒルダはアベルのことなんとも思ってないわけ？」

訊かれて、ヒルダは手をひらひらと振る。

「あんたが思ってるみたいな感情はないよ。アベルはもう弟みたいなもん。一緒には住んでなかったけど、師匠《ししょう》が親代わりだったのはあたしも同じだし」

「漫画では、〝弟みたいなもん〟〝妹みたいなもん〟はフラグなんだよ？　ある日、自分の本当の気持ちに気づいちゃったら止まらなくなるんだから」

「あんたどういう漫画読んでるわけ……？　ないない、ほんとにない。そもそもあたしは恋愛してる暇《ひま》あったら魔術の研究に時間使いたいもん」

ヒルダはそう言ってから、私の隣にいるエリナの方を見た。

「あんたは別に、アベルのこととかそんなに知らないもんね？」

「えっ、私ですか!?」

突然話を振られて、エリナはびくりと身体を跳《は》ねさせた。

「いや、勇者パーティーの聖魔術師さんですよ!?　知らないわけないというか……。回復魔法のみで勇者パーティーに編成されるなんて、とんでもないことです。私には到底《とうてい》無理です」

「へぇ～、元からあいつのことは知ってたんだ」

「当然です!! 回復魔法は、聖魔術においては基礎とされる部分ではありますが……誰でもできるからこそ、おざなりにされがちなんです。回復魔法を、あれほど早く、正確に、そして何度も使用できる聖魔術師を私は他に知りません!!」

エリナは若干《じゃっかん》早口になりながら語った。私はその横顔を見ながら……アベルって、やっぱり結構すごいヤツだったんじゃん、と思う。彼はいつも自分を卑下《ひげ》するし、私は儀式でしか彼と関わったことがないから、あまり知らなかった。

「こ、この前のエレクトザウルス討伐《とうばつ》の時も、昏倒《こんとう》した私を適切に処理してくださったと聞きました。憧《あこが》れのアベルさんに処置していただいたなんて……へへへ……」

「その後、爆発したチ●ポの応急処置させられてたけどね」

「あ、あれは……はい……壮絶でしたね……」

エリナの血の気が引く。私もアベルのチ●ポが爆発したのは見たけれど、あれは思い出したくもないほどにグロかった。

「ま、憧れって感じだ。恋愛とは違うもんねぇ?」

「は、はい! それはもう!! 私がアベルさんを好きになるなんて、そんな、恐れ多い……」

「崇拝《すうはい》の域《いき》じゃん」

ヒルダはけらけらと笑って、トゥルカを横目に見る。

「やっぱ、あいつに恋してんのはあんただけだって」

「変人みたいに言うのやめてよ……というか、まだあたしだけって決まったわけじゃないし」

トゥルカがそう言って、私の方にじとりとした視線を向けた。

それを見て、ヒルダがぱちぱちと瞬《まばた》きをする。

「えっ、スズカ姫、アベルのこと好きなの⁉」

ヒルダが大きな声でそんなことを言うので、私は手をぶんぶんと横に振る。

「それ、馬車の中でトゥルカにも訊かれたの」

「そしたら、『わかんない……』ってはぐらかされて」

「はぐらかしたんじゃない！　ほんとにわかんないの！」

トゥルカは依然《いぜん》として私をじとりとした目で見てくる。けれど……馬車に乗ってすぐの時のように睨《にら》みつけてくるのとは少し違った。

「わかんないってことは、これから好きになる可能性はあるってわけ？」

「ちょっと、ヒルダ！」

あっけらかんと訊くヒルダに、トゥルカがお湯をかけた。

連日同じようなことを質問されて、私は戸惑《とまど》っていた。

「恋とか、よくわかんない……でも、あたしのとってのあいつは……」

ここにいる誰よりも、私は、私と会う前のアベルのことを知らない。そんなことは当たり前なのに、考えたこともなかったものだから、私は困惑《こんわく》している。

私にとってのアベルは……。

「バカで、エロいことばっか考えてて、それなのに他人のこと守るのに必死で、信じられないくらい優しくて……頼もしくて……」

口にすると、驚くほどスルスルと言葉が続いていって、自分でも驚いた。

そう、アベルはバカで、エロくて、なのに、優しい。

そんな彼のことを、私は、王都に来てから、心の拠《よ》り所にしていたんだ。

アンリが来て、彼とあまり話せなくなって、遠征に出て、彼のいない馬車に乗って……それがよくわかった。

私にとっての彼、を一言でまとめる言葉は、自然に見つかった。

「一緒にいると……安心する」

私がそう言い切ると、他三人はしばらくぽかんとしたまま黙っていた。

「……えっ、何？」

「スズカさん、それって……わぷっ」

エリナがどこか気まずそうに口を開いたが、その顔に突然お湯がかけられる。右手を振り上げてエリナにお湯をかけたのはヒルダだった。

「エリナ？　言わなくてもいいことってあるでしょぉ？」

「あ、は、はい！　すみません！」

「なに、なによ？」

困惑する私に、ヒルダが不気味に笑って首を傾《かし》げた。

「スズカ姫、あんた、アベルと付き合ってるわけじゃないのよね？」

訊かれて、私は首をぶんぶんと横に振った。

「そんなわけないでしょ!!」

私の返答に、ヒルダはけらけらと笑った。

「なのにセックスはしてるの、倒錯《とうさく》してんね」

「いや、だってそれは……！」

倒錯してる、とはっきり言われるとなんだか恥ずかしくなる。そんなの私だってわかってる！

「付き合ってないんだって、トゥルカ？　サキュバス四十八手はもう師匠が推《お》し進める国策になっちゃってるわけだからさ、止めようがないよ」

ヒルダに水を向けられて、トゥルカは複雑そうな表情でうつむく。

「そんなのわかってるよ……」

「で、まだ二人が付き合ってるわけじゃないんだったらさぁ、それでヨシ！　ってことにしない？　ずっと怒ってても疲れるだけだって」

「わかってるってば！」

トゥルカは目を吊《つ》り上げて、ヒルダの肩をぺちっ、と叩いた。

ヒルダはやれやれと言った様子で、トゥルカの右手を掴《つか》んだ。そして、強引に彼女を引っ張って、私の前まで連れてくる。

「はい、握手～」

「………」

私とトゥルカは互いに気まずい表情で視線を絡《から》める。

「握手～～～!!!」

「痛い痛い痛い!!」

ヒルダが私とトゥルカの右手を強引に掴んで、握手させた。

トゥルカの手は思ったよりも小さかった。こんな手でずっと弓を引いて来たんだな、と思う。

私と、王都で生きてきた人たちの間には、積み重ねがない。そのことを、ここ最近、散々《さんざん》思い知らされたところだった。

私は、トゥルカの手を、ぎゅっ、と強く握る。彼女は驚いたように視線を上げて、私を見た。

「……ごめんなさい。あたし、知らないうちに、あなたの大切なものを奪ってた。あたしは、最初、儀式のことしか考えてなかった。世界を……故郷を救いたくて、そのためだけに動いて、条件に合う男だからって理由でアベルと引き合わされて……それが、多くの人の〝今までの関係〟を奪うものだってこと、ちゃんと考えてなかった」

移動しながらぐるぐると考えていたことを、口にする。

「サキュバス四十八手は、止められない。始めてしまった以上、最後まで成し遂《と》げなければ私もアベルも死んでしまうし……なにより、世界を救えない。そんな状態で何を言っても無駄なのかもしれないけど……せめて、ちゃんと、誠心誠意、謝らせて」

私はそう言って、トゥルカの目を見た。彼女は逡巡《しゅんじゅん》するように瞳《ひとみ》を揺らした。

「傷つけてしまって、ごめんなさい」

私は深々と頭を下げた。鼻の先に、湯船の水面が触れる。

「……トゥルカ」

ため息交じりのヒルダの声が、頭上で聞こえた。それから、今度はトゥルカが、私の手をぎゅっ、と握り返した。

「……正直に言うね。今すぐあんたのことを許して、好きになれるわけじゃない」

わかってる。許してもらいたくて、謝っているわけじゃない。

「……けど、ほんとはわかってる。あの儀式に二人が命を懸《か》けてて、真剣なんだってこと。割り切れないのは、恋心だけ。……ねえ、いつまで頭下げてんの。顔上げてよ」

促《うなが》されて、私は恐る恐る顔を上げる。

トゥルカは、少し顔を赤くしながら、潤《うる》んだ瞳で私を見ていた。

「あたしも……ごめんなさい。あんたの立場を一切考慮しないで、言いたいこと言いまくっちゃった」

「そんな……だってそれは……」

「あんたがあたしのこと許してくれるんだったら！　……あたしも許さなきゃフェアじゃない」

私に口を挟《はさ》む隙《すき》を与えずに、トゥルカが言った。

「すぐに好きにはなれないけど……努力はしてみる。もう睨んだりもしない。それから……」

トゥルカは言い淀《よど》むように視線をきょどきょどと動かしたのちに、言った。

「……ちゃんと、守ってあげる」

トゥルカは言うだけ言って、私からパッと手を離した。

「あー！　のぼせちゃいそ！　先上がる!!」

トゥルカはばしゃばしゃと湯船を出て、小走りで脱衣所へと向かった。

「あーあ、照《て》れちゃって、可愛いねぇ。……ケツ、でっか」

ヒルダはトゥルカの後ろ姿を見ながらにやにやしている。それから、私の方を見て微笑んだ。

「……悪い子じゃないんだよ。だから、いろいろしがらみはあるかもしんないけど、仲良くしてやってよ」

「……ええ。ありがとう、仲を取り持ってくれて」

「ええほんとにねぇ！　気まずいったらありゃしなかったんだから！　ねぇ、エリナ？」

ヒルダが大げさに目を剝《む》きながらエリナの方を見る。エリナは困ったように「ええ、まあ……」と相槌を打った。

「ごめ――」

「謝る必要もなし。どうしようもない衝突なんて、生きてりゃいくらでもあるでしょうに」

ヒルダは私の言葉を遮《さえぎ》って、面倒くさそうに言った。

「あんたはそのサキュバス四十八手とやらに集中してりゃいいのよ。それよりも……」

彼女の表情が変わった。

「アベルのこと、よく見ててやって。あいつは……他人を生かすか、自分を生かすかの究極の選択を迫られたら、絶対に前者を選ぶ」

ヒルダの口調は真剣だった。

「一番近くにいるあんたが、『それじゃダメなんだ』って、言い続けてあげてほしい」

「……わかった」

ヒルダの真剣な眼差《まなざ》しに、私も同じように返す。

「頼んだからね」

アベルは私の認識以上に、多くの人に愛され、大切に思われている。そんな彼の人生を、私は無自覚のうちに大きく変えてしまった。

……だからこそ、アベルが私を守ってくれようとするのと同じように、私も、自分にできる限りの方法で、彼のことを守りたいと思った。

10章 幸せと霧と離脱

遠征開始から四日目。三日間の移動を経て……俺たちはようやく、霧《きり》の森へとたどり着いた。

存在は知ってはいたものの、足を踏み入れるのは俺も初めてだ。

「……思った以上に視界が悪いな」

森に入ってすぐに、先頭を歩くジルが顔をしかめる。彼の言う通り、この森の霧の濃さは、今まで体感したことのないものだった。

霧が濃すぎて、普段なら視認できる距離感で物を捉《とら》えることができない。もし霧の先に魔物の大群が待ち構えていたとして、俺たちがそれを視認するころには、すぐに交戦を開始しなければならないような環境にいる。

パーティー内には当然、緊張が走っていた。

「慎重に進もう。前衛《ぜんえい》はジルと僕が務める。アベルたちは一番後方。トゥルカは僕たちの真後ろで索敵《さくてき》を続けてほしい。ヒルダはもし魔物が現れた際の前衛のフォローを。エリナは、もし戦闘が起こったら真っ先にジルに防御《ぼうぎょ》魔法を付与《ふよ》して」

エリオットは迅速《じんそく》に、かつ的確に指示を出し、ジルと共に先頭を歩く。

アンリが、俺の傍《そば》まで寄ってきて、耳打ちした。

「……前方の警戒《けいかい》は勇者パーティーの皆様が行ってくださっていますから、私は最後列を歩きます。背中は任せていただけると」

「助かる。よろしく頼む」

アンリは小さく頭を下げて、俺とスズカの後方へ。

スズカは緊張した面持《おもも》ちで俺の隣を歩いている。

……が、彼女が、定期的に俺の方を見ているのは、すぐに気づいた。

「……どうした？」

小声で尋《たず》ねると、スズカは俺と身体《からだ》がくっつくほどの距離に近づいて、小さな声で言った。

「聞いてほしいことがあるの」

「なんだよ、この状況でか？」

「ええ。宿を出てから、馬車も別々で、話す機会がなかったから」

「……そうだったな」

緊張状態だったこともあり、思わず「この状況で？」と訊《き》いてしまったが……逆に、この後何があるかわからないこそ、彼女は今、話しておきたいのかもしれない。

「あんたは……いつかあたしに訊いたわよね。この儀式を始めて、それであたしが『幸せになれるのか』って」

スズカは、前を向いて歩きながらも、切実な声色《こわいろ》で言った。俺も、前方に視線を向けたまま、それでも、スズカの言葉を真剣に聞く。

「そう言うあんたは、どうなの？　この儀式に巻き込まれて……それで、失ったものがたくさんあるんじゃないの？」

スズカに問われて……俺は言葉に詰まる。

『失う』という言葉は、俺にとっては馴染《なじ》み深いもので……いつからか、自分が失ったものを数えるのはやめていたからだ。

おのずと、答えは一つに収束してゆく。

「関係ない。これで誰かを救えるなら、それで」

俺が答えると、スズカは一瞬こちらを横目で見る。なんだか、厳しい眼差《まなざ》しだと思った。

「……じゃあ、あんたのことは誰が救うわけ？」

「救ってほしいなんて思ってないよ。俺にとっての幸せは、みんなが幸せなことだ」

俺がそう答えると、スズカは苦しそうに奥歯を噛《か》み締めた。

「だから、それを……！　その幸せを……あたしが……」

「なあ、スズカ」

俺はスズカの言葉を遮《さえぎ》って、言う。

「ありがとう……俺のこと、そしてみんなのこと、心配してくれてるんだよな」

「それは……」

「いいんだ。俺も、勇者パーティーのみんなも……納得してる。この儀式と、俺たちが今までやってきたことの目的は一致してる。これを成し遂《と》げれば、みんな、きっと幸せになれる」

「でも」

「スズカは覚悟を決めてた。だから、俺も覚悟を決められた」

俺はそう言って、スズカの頭を撫《な》でる。密《ひそ》やかな音量で話すためにこれだけ身体を近づけていると、頭を撫でるのも簡単だった。

スズカは多分……ここ数日、勇者パーティーのメンバーと接したことで、俺の〝これまでの生活〟を強く意識したのだと思う。そして、彼女は優しいから、俺をサキュバス四十八手に引き込んでしまったことに、負い目を感じているのではないか。

「前も言ったろ。覚悟を決めたら、あとは信じて、やり遂げるだけだ。その後のことは……全部終わってから考えよう」

俺がそう言い切るのを聞いて、スズカが息を呑《の》む音が聞こえた。それから、彼女は俺の方をキッと睨《にら》む。

「じゃあ……絶対に、死なないで。何があっても、絶対に。それで……そのあと、ちゃんと……幸せになって」

スズカの言葉に、俺は驚いてしまう。

幸せになって。随分《ずいぶん》と、重い言葉だと思った。でも、それが優しさからくるものだとわかっている。

「スズカは無茶ばっか言うな。……でも、わかったよ」

「約束」

「ああ……約束だ」

スズカの目を見て俺が頷《うなず》くと、彼女はようやくほっとしたように表情を弛緩《しかん》させた。

「どんどん、約束が増えていくな。最後まで一緒にいる、ずっと死なない。それから、そのあと、幸せになる。簡単なようで、めちゃくちゃ難しい約束だ」

「破ったら殺す」

「めちゃくちゃだ」

俺は笑い声が出そうになるのをこらえた。そして、しみじみと頷く。

「わかった。最後まで一緒にいるし、絶対に守るし……絶対に死なない」

俺が言うのに、スズカはじとりと目を細めた。

「一個、忘れてる」

「……幸せになれるように頑張る」

「……そうして」

スズカはスン、と鼻を鳴らしてから、どこか満足したように表情を引き締めた。

「話したいことってそれだけか？」

「それだけって……！　まあ……うん、それだけ」

「そうかそうか」

俺はもう一度、スズカの頭を撫でてしまう。

やっぱり、スズカはとても可愛《かわい》くて、優しいヤツだ。

「スズカは優しいな。俺が思ってたより、ずっと」

思ったままに口にすると、スズカは少し顔を赤くして、唇《くちびる》を尖《とが》らせる。

「そういうのウザいから」

こんな霧の深い森の中で、いつ魔物が飛び出してくるかもわからないというのに……久々にゆっくりとスズカと話せたことに、俺は安堵《あんど》していた。

だが、いつまでも気を緩《ゆる》めているわけにはいかない。

「じゃあ……ここからは、集中しよう。必要ない会話は一切ナシだ」

俺が言うと、スズカも力強く頷く。

「ええ……無事に宝玉《ほうぎょく》を回収して、帰りましょう」

気を引き締めなおし、俺たちは霧の森の深部へと、慎重に進んでゆく。

霧の森を、警戒を解かずに進む中で、トゥルカは何度も魔物の気配を探知した。

しかし、そのどれもが、俺たちに近づいたり襲《おそ》いかかってくることは一度もなく……むしろ俺たちの存在を察知《さっち》した途端《とたん》に逃げてゆくことがほとんどだった。

おそらく、この森には圧倒的な王者である『霧の龍』が君臨《くんりん》していて、その眠りを妨《さまた》げるような行動を起こす魔物は棲息《せいそく》していないのだろう。

緊張状態が長引き、何も起こらない。そういう時間が続くと、どうしても……少しずつ気は緩んでくるものだった。このまま何も起こらず霧の森の中心部までたどり着けるのではないか。

そんな楽観的なことを考え始めた頃に……突然、状況が動いた。

索敵に集中していたトゥルカでなくとも、〝それ〟には気がついた。明らかに、空気が変わったのだ。

「……何かいる。すごく近くに」

トゥルカが尖った声で言った。

わかる。何かがいる。それも……圧倒的な何かが。

しかし……その気配は曖昧《あいまい》だった。圧倒的な威圧《いあつ》感を放つ何か。しかし、それがどこにいるのか、大きいのか、小さいのかも不明。〝いる〟ということ以外何も感じ取れず、不気味だった。

背筋《せすじ》に嫌な汗《あせ》をかく。

「トゥルカ。数はわかるか?」

「多分、一体だけ。でも……なんだろう……すごく変な感じ。一体だけなのに、まるでたくさんの身体を持っているかのような…………ッ!」

言葉の途中で、トゥルカは鳥肌《とりはだ》が立つように全身を震わせた。

それと同時に、霧の中から……巨大なぬめぬめとした触手《しょくしゅ》が高速で伸びてきた。

「なッ……!?」

ジルが、咄嗟《とっさ》に大盾《おおたて》でそれを受け止めたが、思い切り後方へ吹き飛ばされた。

高速で伸びてきた触手は、一瞬のうちに霧の中へ消えてゆき、また気配が曖昧になる。

「報告と形状が違う!」

ジルが叫ぶのに、エリオットは頷く。

「これは多分、龍ではない、別の魔物だ。全貌《ぜんぼう》がわからないうちは誰も前に出ず、下がりすぎないように」

エリオットの号令に従い、俺たちはなるべく離れすぎないように布陣《ふじん》を固める。ちらりとスズカを見ると、ちゃんと、傍にいた。今回は、エレクトザウルスの時のように、彼女を危険な目には絶対に遭《あ》わせたくない。

巨大な触手は、霧の中に消えたそばから、少し方向を変え、高速で俺たちに襲いかかってくる。ジルが盾で弾《はじ》いた次は、エリオットが剣で斬《き》りつけ、また同じようにジルが……と連携を組み、その二人が体勢を崩《くず》している時はヒルダが炎魔法で触手を焼く。

エリオットの指揮により、致命的な攻撃は受けずに姿の見えない巨大な魔物と戦い続けられていたが……問題は、敵側にまるで〝消耗《しょうもう》〟の気配が感じられないことだ。

エリオットが斬りつけたはずの触手も、ヒルダが火傷《やけど》を負わせたはずの触手も、霧の中に戻ってゆくと、すぐに無傷の姿で襲ってくる。「触手が飛び出してきて、それを跳《は》ね返す」という攻防はもうかれこれ十数回にも及んでいる。あれだけ巨大な触手を持つ魔物なのだ。その本数が〝十数本〟を越えているのだとしたら、本体の大きさは一体どれほどになるのか。触手の本数がそれより少ないとすれば、今度は、霧の中に戻るたびにこちらが与えた傷を〝回復して〟襲ってきていることになる。触手はなぜか複数本で襲ってくることはなく、一気に俺たちの体勢が崩れることもないが……その代わりに、敵の全貌が摑《つか》めない。

何にせよ、俺たちは今、〝何と戦っているのか〟がわからないまま、苦戦を強《し》いられている。

戦況が膠着《こうちゃく》したままじりじりと体力を削《けず》られている、という意味ではエレクトザウルスと戦闘した時に状況は近いが……相手の全貌が見えていないという点ではあの時よりも悪い。

このまま防衛戦にシフトすればおそらく俺たちの体力や魔力が尽きる方が先になる。しかし、敵の全貌を摑まんと前進すれば、今度はもっと恐ろしい猛攻を浴びる可能性もある。

退《ひ》くも進むもかなわぬ状況の中で……やはり、俺には、できることがない。さっきからしていることといえば、隣にいるスズカから離れないように、常《つね》に彼女を視界の端に捉え続けることくらいだ。

何か……なんでもいい。俺にできることはないのか。必死に考える。

そうだ、エレクトザウルスの時みたいに、昏の盾を出して、それであの触手を受け止めれば
……そう考えるが、すぐに、思う。

あの時……俺はどうやって、あの盾を召喚《しょうかん》したんだ？　ただ無我夢中で、迫るエレクトザウルスの尻尾《しっぽ》に向けて、手を突き出した。何と叫べばいいのか自明のようにわかっていて、俺はあの盾の名前を口にしたはずだ。

でも……俺はもう、あの盾の名前を思い出すことができない。

「なんでだ……どうして……」

焦燥《しょうそう》が胸に渦巻《うずま》く。

状況はあの時と一緒だ。今すぐ力が必要なのに！

「どうして……ッ！」

腕を前に突き出してみる。何も起こらない。口を開いて、あの盾の名前を口にしようとしてみる。けれど、言葉が出ない。

どうして、こんな時に、〝与えて〟くれないんだ‼

もう一度、もう一度だけ試そう。そう思い、腕を突き出そうとした瞬間。

俺の腕を、ぐい、と後方に誰かが引いた。

「えっ」

驚いて振り向くと、俺の腕を引っ張っているのはスズカだった。

彼女はものすごい力で、俺を勇者パーティーのメンバーたちから引きはがすように歩いてゆく。

「ちょ、スズカ、待て……」

俺は抵抗するが、スズカは俺の腕をすごい力で掴み、ぐいぐいと俺を引っ張る。

木々の間を歩き、スズカは俺をどんどん勇者パーティーのみんなから離してゆく。

あっという間に、濃霧《のうむ》に呑まれて、彼らの姿は見えなくなった。

「スズカ！　どうしたんだ、すぐに戻らないと……！」

俺が言うのに、スズカはこちらを見ずに、言った。

「……逃げましょう」

彼女の言葉に、俺は目を見開く。

「逃げる……？」

「状況は膠着してる。今、あたしたちにできることはない。足手まといになるより、離れたところで身を隠しているほうがまだマシだわ」

「でも、俺がいないと、あいつらがもし怪我《けが》したら……！」

「あたしたちが生き残ることが最優先でしょ？」

スズカが言う。

「サキュバス四十八手は何があっても遂行《すいこう》しないといけない。あの魔物が霧の龍と関係のない何かなのだとしたら、余計に、あの戦闘にあたしたちが巻き込まれる必要はないんだから」

「待て、止まれ」

俺は足腰に力を入れて、俺の腕を引っ張る彼女を強引に止めた。

そして……言う。

「お前……誰だ。スズカじゃないな」

俺は目の前の、〝スズカに見える誰か〟に冷たい声を投げかける。

彼女が振り返る。

「何言ってんの？　あたしは――」

「スズカは、俺と『仲間を置いて逃げない』って約束した。あいつは……平気で約束を破るような子じゃない」

「………」

「誰だ。正体をあらわせ」

俺が厳しく言うのに、目の前の誰かは、ため息をつき……じわり、とその姿を変化させた。

11章　スズカとスズカと魔族

Succubus 48 technique

「あなた様は他人を〝疑わない〟のかと思っていましたが……呆《あき》れるほどまっすぐに、人を〝信じている〟だけなのですね。……ご主人様」

〝スズカ〟の輪郭《りんかく》がぼやけて、そこに現れたのは……アンリだった。

「……アンリ、どうして」

俺が訊《き》くと、彼女は無表情のまま答える。

「これが私の仕事でございます」

「なんでそうなる!?　今すぐ一緒に戻るんだ。みんなを助けないと」

「行って何ができるというのです」

アンリの冷たい声に、俺は思わずひるむ。

「全貌《ぜんぼう》も見えぬ巨大な魔物。お言葉ですがご主人様にできるのは傷ついた仲間を回復することだけです。しかし……仲間の傷を癒《い》やさなければいけない状況にまで追いやられて、パーティー全員で生き延《の》びられる可能性は、いかほどなのでしょうか」

「でも……そうは言ったって……！」

「そうして、ご主人様は皆を守ろうとまた〝力〟を使おうとするのでしょうね。得体《えたい》の知れぬ力、それがご自分にどんな影響を及ぼすのかもわからないまま」

アンリは鋭い眼光で俺を正面から見つめる。

「ヒルダ様から何度も釘《くぎ》を刺されたはずです。軽率《けいそつ》にあれを使うな、と。しかし、ご主人様は使うでしょう。ですから、その前にお連れしたまでです」

「だとしても……！　じゃあ、なんでスズカは連れてこなかったんだ！　わざわざ君のことを〝スズカだと思わせて〟俺を連れ出す必要がどこにあった⁉」

俺が必死に問うのに、アンリは自明のように、答えた。

「スズカ様をお守りすることは……私に課された仕事ではございませんので」

「はっ……？」

俺は目を見開く。内臓が冷えるような感覚があった。

そんな、だって……アンリはずっと、俺たちを見守ってくれていた。サキュバス四十八手にも手を貸してくれて……。そんなことを思いながら、彼女との記憶を遡《さかのぼ》ってゆくと。

確かに……彼女は、いつでも〝俺〟の世話をしてくれていて、〝俺〟の指示を仰《あお》ぎ、そして……常《つね》に〝俺〟の傍《そば》にいた。あまりに自然に彼女がそうしていたから、気づかなかったのだ。

「じゃ、じゃあ……命令だ。俺と一緒に戻れ」

俺が震える声で言うと、アンリは首を横に振る。

「残念ながら、その命令は聞けません」

「どうして……！」

「私の〝ご主人様〟はあなたですが……私を〝雇《やと》った〟のは、リュージュ様だからです」

彼女の言葉に一瞬、ぽかんとする。それから、ゆっくりと、その意味を理解した。

「そんな……じゃあ……」

俺の胸に、怒りがこみ上げる。

「リュージュ姉さんが……最悪の場合スズカは見捨てろ、と命令したってことか？」

震えながら俺が訊くのに、アンリは表情を変えずに答える。

「厳密には『アベルだけはなんとしても守れ』、と。しかし、ご心配には及びません。スズカ様を保護するのは勇者パーティーの務めです。最悪の事態になったとしても、彼らはスズカ様を逃がすことを最優先とするはずですから――」

「ふざけるなッ!!　そんなの納得できるか!!」

俺が思わず怒鳴りつけると、アンリは初めて無表情を崩《くず》し、スッと鼻を鳴らした。

「……こんな状況になっても、どうして、そんなに、他人を守りたがるのですか？」

アンリは俺に一歩近づいて、訊く。

「ご自分が生き残り、四十八手をやり遂《と》げることが世界を救う行為なのだとおわかりのはずです。なのになぜ、ご自分の身を危険に晒《さら》してまで誰かを守ろうとするんですか？　他人を守ることが、ご自分の帯びた使命よりも大切であると？」

わかりきったことを訊くな。俺は、君にそれを話したはずだ。

「好きだからだ、みんなのことが。好きなヤツに死んでほしくない。それだけだ」

「その結果あなたが死に、世界が滅びるとしてもですか」

「俺は死なない。そして、誰も死なせない」

「そんなことができる状況ではありません」

「そんなのわからないだろ!!　まだ解決の糸口はあるはずだ!!」

「ご主人様、そんなに何もかも上手《うま》くいくような手立てが毎回見つかるわけではございません。何も捨てずにいようとするから、その傲慢《ごうまん》を突いて、死神は目の前にやってくるのです」

「だからって！　他人の命を差し出して、自分だけが生き残るなんて……俺には……」

俺が必死にそう言っている途中で、パキッ！　と枝が折れるような音がした。

俺とアンリが同時に、バッと音のした方へ振り返る。

そこに立っていたのは……スズカだった。

「こんなところで何してるの、二人とも」

スズカは、俺とアンリを交互に見ながら言った。

「急に二人ともいなくなったと思ったら、言い争いなんてしてして。向こうは今大変なことになってるのよ！」

ああ、良かった。スズカは無事だった。

「悪い、スズカ。今すぐ戻る」

俺はほっとして、スズカの方へ駆けだそうと足を踏み出す。

「ご主人様ッ!!」

俺の右腕を、力強くアンリが後ろから引いた。突然のことで、俺はバランスを崩して思い切り右側に身体《からだ》を捻《ひね》った。

……そして、俺の目の前を、触手《しょくしゅ》のような何かが、高速で通過するのが見えた。その触手は再び高速で、飛んできた方向へと戻ってゆく。身体を捻っていなければ俺に直撃していた。

「なっ……!?」

触手は……スズカから生《は》えていた。

アンリは、バランスを崩した俺を受け止めて、丁寧《ていねい》に立たせてくれる。そして……黒鞘《くろさや》の剣に手を添えながら、俺の前に立つ。

「ウフフ……勘《かん》の良いメイドさんですねぇ」

スズカから、どこか艶《つや》っぽく、不気味な声がする。俺の知っている彼女の声ではない。

じわりとスズカの身体の輪郭がぼやけ……その姿を変えた。

黒い燕尾《えんび》服を着て、背中と尻《しり》の間辺《あた》りから無数の触手を生やした女性が、立っている。

「ま、また騙《だま》された……！」

一日にこう何度もスズカに化けるヤツが現れるだなんて思ってもみなかった。

そんなことを考えながら、俺は全身に脂汗《あぶらあせ》をかくのを感じた。

触手を生やした女性が放つ異様な威圧《いあつ》感。

説明されなくとも、わかってしまう。俺だって、今まで一度もその姿を見たことはなかった。

けれど、本能的に、〝そうである〟と理解していた。

「あいつ……」

俺が呟《つぶや》くのに、アンリは全身に緊張の色を帯びながら頷《うなず》く。

「……魔族です」

アンリがそう口にするのと同時に、燕尾服の女性はくつくつと笑う。

「おや、〝魔族〟と呼ばれるのには慣れていないのですがねぇ……ウフフ、まあ細かいことは良いでしょう」

燕尾服の女性は恭《うやうや》しくお辞儀《じぎ》をしてみせる。

「お初にお目にかかります。ニャルラと申します。お会いできて光栄です……〝アベル様〟」

名前を呼ばれ、背筋《せすじ》がぞくりとする。

「俺を知っているんだな」

「それはもちろん！　〝サキュバス四十八手の皇子《おうじ》〟の名は魔王軍の中にも轟《とどろ》いておりますよ」

ニャルラと名乗った女性はニコニコと笑っているが、腹の中で何を考えているのかまったく読み取れない。

「今日は折り入ってお願いがあって参りました」

「……お願いだと？」

「ええ。もしお願いを聞いてくだされば、今勇者たちが相手している〝不可視の眷属《けんぞく》〟は引き下がらせます。誰一人傷つけずここから去ることをお約束しましょう」

みんなが、助かる。彼女の提案は、俺の心を揺らす。

「口車に乗ってはいけませんご主人様」

アンリが厳しい声で言った。

「魔族は〝約束〟など守りません」

「おやぁ、随分《ずいぶん》な言われよう。ウフフ」

「私の故郷は魔族との〝交渉《こうしょう》〟の末……破滅した」

アンリが苦々しくそう言うのに、俺はハッと息を呑《の》み、ニャルラはくすりと笑った。

「なるほどぉ……髪色をわざわざ変えているのは、そういったコンプレックスがあるためなんですねぇ」

そう言って、人差し指を左から右へ、ぴっ、と線を引くように動かすニャルラ。

それと同時に、アンリの髪色が黒色に戻っていた。

「とっても綺麗《きれい》な髪ですよ？　ウフフ」

「貴様……ッ！」

「それで、アベル様。私のお話を聞いてくださいませんか？」

「聞く耳を持たないでください」

アンリは止めるが……俺は。

「聞かせてくれ」

「ご主人様ッ！」

アンリが吼《ほ》える。

「向こうから対話しようと言ってるんだ。最初から撥《は》ね除《の》ける必要はないだろ」

俺がそう言うと、ニャルラは「まあ！」と言いながら両手を合わせて、ニコニコと笑った。

「懐《ふところ》が広いお方！　好きですよぉ、そういう男の人」

「御託《ごたく》はいいから、聞かせてくれ」

俺は急《せ》かすように言う。こうしている間にも、勇者パーティーのみんなとスズカは得体の知れない魔物に襲《おそ》われているのだ。

「ええ……では単刀直入《たんとうちょくにゅう》に」

ニャルラは柔和《にゅうわ》に微笑《ほほえ》んで、言った。

「死んでいただけませんか？」

12章 ◆ 触手と穴と鎖

Succubus 48 technique

「はっ……？」

死んでもらえないか、というニャルラの提案に、俺は間抜《まぬ》けな声を上げることしかできなかった。

「不可視の眷属《けんぞく》は今の勇者パーティーには絶対に倒せませんよ。あれは概念のようなものですから。じりじりと体力を削《けず》り取られ、全滅します」

ニャルラはのんびりとした口調で続ける。

「私の望みは一つ。サキュバス四十八手を今すぐやめていただきたいだけなのです。とはいえ、『やめてください』『はい、わかりました』という口約束だけでは安心できないでしょう？　ですから、皇子《おうじ》であるアベル様には死んでいただきたいのです」

ニャルラは甘い声で言った。

「あなたが死んでくだされば、他の皆様は助かりますよ。ウフフ、とっても簡単なお話です」

「俺が死ねば……スズカも死ぬ」

「ええ。しかし半年弱は生きられますよねぇ。今すぐ死ぬよりいいと思いませんか?」

サキュバス四十八手の内容についても、知られているのか……?

彼女の顔を見て、表情を窺《うかが》おうにも……張り付いたような笑みからは何も読み取ることができない。

ニャルラの口調は、他人に死を強要しているとは到底《とうてい》思えないものだった。まるで世間《せけん》話でもしているような、穏《おだ》やかで平静な声色《こわいろ》。

お願いを聞いてほしい、というから聞いてみたが……とても承諾《しょうだく》できるようなものではない。

「……断る」

俺が低い声で答えるのに、ニャルラは「あらぁ」と右手を自分の頬《ほお》に当てる。

「理由を聞いても?　やっぱり死ぬのは怖いですかねぇ」

「死ぬ覚悟なんて、とっくに決めてる。でも……俺は、絶対に死なないとスズカに約束しちゃったから」

俺ははっきりと答える。ニャルラは一瞬ぽかんとしてから、可笑《おか》しそうに笑った。

「なるほどぉ、約束したから、死ぬわけにはいかないと!　ウフフ、ウフフフフ、アベル様はとっても面白《おもしろ》いですねぇ」

ひとしきり笑ってから、ニャルラは突然、声を低くする。

「そして、我が儘《まま》だ。自分も死なず、誰のことも死なせたくない。そんな子供の我が儘のような言い分が、この期《ご》に及んで通用するとでも？」

そう言い終わると同時に、彼女からブワッ！　と強烈な殺気が放たれるのを感じた。

俺がその殺気にひるむのと、アンリが駆け出すのは、ほぼ同時だった。

ニャルラは背中の触手《しょくしゅ》を、アンリに向けて放つ。

アンリは腰に結《ゆ》わえていたはずの黒鞘《くろさや》の剣をいつの間にか鞘ごと引き抜いていた。黒い鞘でニャルラの触手を弾《はじ》き、その流れのまま抜刀《ばっとう》し、細い刀身《とうしん》を迷いなく振り下ろす。

その刃《やいば》は触手を斬《き》り落とした……かと思われた。

「……ッ!?」

アンリの動きには無駄がなく、剣筋にも迷いはなかったように見えた。それなのに、触手には傷一つついていない。というより……刀身が、触手を素通りしたように見えた。

一体、何が起きている。

「せっかちなお人。アベル様に死んでいただくには、まずあなたを倒さなければならないわけですねぇ」

ニャルラは戦闘中とは思えぬような、のんびりとした口調で言った。

「交渉《こうしょう》とは、決裂した後が面倒《めんどう》です。……結果は変わらないというのに」

そう言って、ニャルラは次々と触手をアンリに向けて繰り出した。アンリも、それらに対して刀《かたな》を正確に振るい、斬り返してゆく。

「なぜ……斬った感触はあるというのに……！」

アンリが苦しげにそう漏《も》らす。

俺にも、そう見える。刀身と触手がぶつかる瞬間、触手は刀身に〝ぶつかった〟というような動きを見せている。実体がないわけではないはずだ。なのに、刀身が触手を通過しても、何《な》故《ぜ》か、切れていない。

ニャルラの触手は絶え間なくアンリに襲《おそ》いかかる。アンリは必死にそれらを捌《さば》いたが、限界が来る。刀で受けきれなかった触手がアンリの腹を殴《おう》打《だ》する。

「ぐぁっ……！」

「アンリ!!」

「ご主人様は下がっていてください!!」

俺が駆け寄ろうとするのを、アンリが厳しく制止する。この距離では、彼女に回復魔法をかけてやることもできない。

「ウフフ……美しいやりとりですねぇ。しかし、このままではあなたが痛い思いをし続けることになりますよ？　邪魔しないでくだされば、これ以上苦しませないのに」

そう言いながら、ニャルラは一方的に触手でアンリに攻撃を繰り出し続ける。

アンリは迫りくる触手を必死に刀で受け、受けきれないものには殴打されながら、言った。

「ご主人様をお守りするのが……私の使命です……ッ！」

アンリがそう言うのを聞いて、ニャルラの表情の温度がスッと下がる。

「……心にもないことを」

ニャルラのその言葉に、アンリは明らかに動揺を見せた。

その瞬間、ニャルラの触手がアンリの後頭部を激しく殴打し、彼女はその場でくずおれ、気絶した。

「アンリッ!!!」

「……定められたロールに従うだけの人間は、つまらない」

ニャルラはそう言いながら、地面に伏したアンリを見下ろした。

「誰かを守ると心に決めた者の刃が……そんなに鈍《なまくら》であるはずがありません」

そう呟《つぶや》いてから、ニャルラはパッと顔に笑顔を貼《は》り付けなおす。おどけた様子で俺の方に身《から》体《だ》を向けなおし、彼女は言う。

「安心してください、気絶させただけですよ。死んでいただきたいのはあなただけ。向こうの眷属にも、勇者パーティーに致命傷を与えるようなことはさせていません。〝今のところは〟」

彼女は一歩一歩こちらへ足を進めながら……俺を〝脅迫《きょうはく》〟していた。

「どうですか？　死んでいただけそうですか？」

彼女はニコニコと微笑《ほほえ》みながら首を傾《かし》げる。

俺は、奥歯を噛《か》み締めてから、言う。

「……あんたの言うことは、全部、『たられば』だ」

「……？　と、いいますと？」

「俺が死ねば、皆を助ける。このままではあいつらは全員死ぬ。そして、言葉にはしてないけど、あんたは簡単に俺のことを殺せると思ってる」

「ええ、ええ、確かに。おっしゃる通りです」

ニャルラは朗《ほが》らかに笑いながら、のんびりとした歩調で、こちらへ向かってくる。

けれど、ひるんでいる場合じゃない。

「……そんなの、やってみなけりゃわからない」

俺が言うのに、ニャルラはくすりと笑った。

もう、互いに腕を伸ばせば手が触れ合うほどの距離にいる。

「……不思議な方ですね。諦《あきら》めが悪く、素直で、言葉に嘘《うそ》があるようにも思えない」

ニャルラはそう言って、俺を見つめた。

「信じているのですね、仲間と、自分を。なのに、私のことは信じてくださらないのは悲しい限りです」

そうだ、俺は仲間を信じている。だからこそ、逃げたくないのだ。最後まで、全員で生き残る道を探りたい。

俺が目の前のこの女性のことを信じられない理由など、決まっている。

「……俺は、ニャルラのことを……よく知らないから」

俺がそう言うのに、ニャルラは口を半開きにして、ぽかんとした。

それから、心底《しんそこ》可笑しそうに、声を上げて笑った。

「本当に、愉快《ゆかい》なお方！　……願わくば別の出会い方をしたかったものです」

彼女はそう言って、小さく、息を吐いた。

「しかし……どうしても生きたいというのであれば……私のお願いを聞いてくださらないのであれば」

そこで言葉を区切り、ニャルラは呟く。

「諦めていただく努力をするほかありませんね」

その言葉が俺の耳に届いたのと同時に……腹部に、強烈な違和感を覚えた。

熱い。とても。

おもむろに視線を下げると……ニャルラの触手が、俺の腹部を貫通していた。

「はっ…………？」

喉《のど》を、空気が通過する。声らしい声を出せなかった。

ずるりと触手が引き抜かれるのと同時に、ドバ、と血が噴《ふ》き出す。

まずい、すぐに治療しなければ。聖魔術を腹部にかけ、傷を修復するが……激しく魔力を消耗《しょうもう》しているのがわかった。

「おや……？　おかしいですね……」

ニャルラは不思議そうに首を傾げた。それと同時に、また、俺の身体に穴があく。

「かッ…………！」

「おや……？　おやおやぁ……？」

触手が引き抜かれたら、すぐに治療する。しかし、今度は別の場所に触手を突き立てられる。地獄のような痛みが全身を駆け巡《めぐ》っていた。

「……おかしい、これはおかしいですねぇ」

ニャルラは怪訝《けげん》な表情で俺を見ていた。

「私は〝殺す気〟で触手を放っているというのに……どうして心臓を貫《つらぬ》けない……？　これは、もしや……」

ニャルラは突然、触手を繰り出すのをやめて、俺の顎《あご》を手で掴《つか》んだ。そして、至近《しきん》距離で俺を見つめる。ずっと糸のように細かったニャルラの目が、薄く開いていた。俺は本能的な恐怖を覚える。まるで身体の中を覗《のぞ》き込まれるような感覚。

「……あなた、すでに〝宿している〟んですか？」

「……ッ！」

視線から逃れるように思い切り頭を振り、顎を掴むニャルラの手を振り払う。再び、俺の腹が触手で貫かれる。

「ぐぼっ」

液体の漏れるような音が口から鳴った。

魔力の低下、ならびに、傷の回復の速度が下がっているのがわかる。

このままでは、死ぬ。圧倒的な暴力を前に、何もできずに力尽きる。

俺が死ねばほかのみんなは助けるとニャルラは言った。

じゃあ、いいのか。ここでみっともなく死んでも、他のみんなが助かるのなら、それで。

そんな風に思いかけた瞬間、俺の脳裏《のうり》に、声が響く。

『絶対に、死なないで。何があっても、絶対に。それで……そのあと、ちゃんと、幸せになって』

スズカの声だ。優しくて、奥の方に思いやりを感じられる、あの声。

幸せとは、なんだろう。俺はそれを感じたことがあっただろうか。

俺が死んだらスズカは泣くだろうか。トゥルカや、エリオット、ジル、オスグッド……それに、家族同然のヒルダやリュージュ姉さんも……もしかしたら、エーリカも。俺が死んだら、悲しむだろうか。

頭に浮かんだ人たちが悲しそうにしている姿を想像したら、悲しくなった。幸せが何かはわからなくても、あの人たちを悲しませることが『幸せじゃない』ことだけはわかった。

『使え。なんとしても生きねばならぬ』

『愛を遂《と》げるまで、死ぬことは……ゆるさぬ』

貴女《あなた》の声がした。

俺は手を前に突き出し、かすれた声で言った。


「〝ドゥエスの鎖《くさり》〟」


その瞬間、どこからともなく、白く発光する鎖が現れ、ニャルラの背後の触手すべてに絡《から》みついた。

「……ッ！」

ニャルラは初めて、はっきり動揺を見せた。

彼女は触手を動かそうと試《こころ》みるが、すぐにそれが不可能であることを悟る。そして……状況を理解したように、笑いだす。

「やはり、もう宿している……！　そして〝神器《じんぎ》〟まで取り出すとは……ウフフ……」

ニャルラはそこで言葉を区切り、低い声で言った。

「……なんと不遜《ふそん》なのでしょう」

彼女は傷を治療している途中の、俺の首を摑んだ。しかし、摑むだけだった。彼女の指にぴく、ぴく、と弱い力が入るのは伝わってきたが、強く締められることはなかった。

「こうして直接触ってもあなたを〝殺そうとできない〟のですね。誓約《せいやく》とは厄介《やっかい》なものです」

ニャルラは俺にはさっぱり理解できないことをぶつぶつと言っている。そして、まるで実験動物を観察するような目で俺を見た。

「あなたの実直な性格がそこまでの親和性を生むのでしょうか？　それとも、信じる心が？　いずれにしても同じことです」

彼女は俺を睨《にら》みつけて言う。

「どれだけ〝神性〟を帯びようと、そんなものはまやかしです。そして、その〝まやかし〟が世界を滅ぼすというのに!!」

世界を滅ぼす。この儀式が？　さっぱり、意味がわからない。順調に、福音《ふくいん》はもたらされている。そもそも、こんな儀式をしなくてはいけなくなったのは、魔族が、魔物を操《あやつ》って人間を攻撃するからじゃないか。

触手の猛攻が止まり、ようやく完全に身体の穴を塞《ふさ》ぐことができた。魔力は残り少ないが、大きな傷が治ったことで、俺はようやく言葉を発することができる。

「すでに、世界は緩《ゆる》やかに崩壊《ほうかい》してる。魔物が人間を脅《おびや》かし、領土を奪い、少しずつみんな当たり前の幸せを享受《きょうじゅ》できなくなってる……！」

俺が言い返すのに、ニャルラはにやりと片方の口角だけを上げる。

「あなた方から見ればそうなのでしょうねぇ。しかし、人間も、魔族も、互いを征服できていない。この状態が、最も互いの尊厳《そんげん》が守られている状況とも言えるのではないですか？」

「詭弁《きべん》だ。どんどん死んでいるのは人間だぞ。お前たちは魔物を増やし、それをけしかけるばかりで、肝心《かんじん》の魔族はほとんど姿を現さない。俺たちは人命を懸《か》けて戦っているというのに、お前たちがやっているのはまるで〝戦争ごっこ〟だ」

俺が言うのに、ニャルラはぴくりと眉《まゆ》を動かした。それから、不気味に微笑んで、手に持ったステッキの先を、俺の胸に当てた。

「……その状況を作ったのは、あなた方ですよ……！」

「……どういうことだ」

俺が訊《き》き返すのに、ニャルラは答えなかった。

ピシ、と音が聞こえる。音の方へ視線をやると……彼女の触手を縛《しば》る鎖に、ヒビが入っていた。永遠に行使し続けられるとは、俺も思っていない。ただ、想像よりも早く、限界が訪れていた。

「あなたは、その身に宿した力の正体を知らないのです。その不安定な力が、世界の根底を揺るがすと私は言っている。世界を破壊してまで、その儀式を成し遂げたいのですか？」

ニャルラはそう言いながら、触手をぐねぐねと動かし続けていた。鎖のヒビが、どんどんと増えてゆく。

俺にわからない言葉で、彼女は話し続ける。そのどれも俺の心の表面をなぞるばかりで、奥の奥まで、到達しない。

俺ははっきりと答えた。

「俺は……これが世界を救う儀式だと、信じてる」

俺がそう言うのと同時に、彼女を縛っていた鎖が弾《はじ》け飛んだ。

ぬらぬらと、試すように触手を動かして、ニャルラは微笑む。

「面白いものを見せていただきました。しかし……より、あなたをここで殺さねばならない理由が増えてしまったようです」

「俺は死なない、儀式を終えるまで」

「それだけ苦しんでも、まだそんなことを言うのですね。本当に、不思議なお方」

ニャルラはくすくすと笑ってから、困ったようにため息を吐いた。

「あなたを一撃で殺害することはできなくとも、先ほどのように身体を刺し貫き続ければ、いつか魔力切れと失血であなたは死ぬでしょう。幸い、そこまでは誓約で縛られていないようでしたので」

ニャルラはそう言ってから、わざとらしく肩をすくめてみせた。

「しかし……そんなのはめんどくさい！　私は面倒なことは嫌いなのです」

「諦めてくれるのか？」

「いいえぇ？　もっと手っ取り早い方法があることに気がついただけです。……あなたが〝素《す》敵《てき》な人〟であるが故《ゆえ》です」

「それは……どういう――」

俺が訊こうとするのを遮《さえぎ》って、彼女は言った。

「私はもう……あなたを狙《ねら》いません」

ニャルラがそう言って、おもむろに視線を動かす。その視線を追ってゆくと、その先には……倒れたアンリがいた。

ニャルラの触手がぬらりと動く。

気づけば、俺は駆けだしていた。

跳躍《ちょうやく》し、アンリに覆《おお》いかぶさるように四つ足で着地する。背中から腹にかけて、また猛烈な熱さを感じた。口から、体液が漏れる。

「本当に素敵ですねぇ……アベル様」

背後から、ニャルラの楽しそうな声が聞こえた。


ヒモトにいた頃のことを、思い出していた。

魔族からの和平交渉に応じようと、旧鎌堀《かまほり》幕府が、魔族の使者を国に引き入れた。そして、和平交渉はあっさりと反故《ほご》にされ、国中に強力な魔物が放たれた。

国中の剣豪を集め、魔族の使者を討《う》ち果たすことには成功したものの、全国に広がった魔物の処理に追われるうちに、ヒモトの人口と国力は一気に衰《おとろ》え……今では、最盛期の十分の一にも満たない人口を、〝鎖国《さこく》〟という形で囲い込み、ぎりぎり国としての形を保っているのがヒモトという国家だ。

「ヒモトの人間が生きてゆくためには、明確な〝役割〟を帯びねばなりません。そして、それを完璧《かんぺき》に遂行《すいこう》する力を身につけるのです。我が家において、それは『誰かに心から仕《つか》え、奉仕《ほうし》する』ということです」

私は、メイド育成の名家である〝橘家《たちばな》〟の最後の子供だった。魔族の裏切りと魔物の脅威《きょうい》によって国力が衰えてしまったヒモトには、メイドを雇《やと》えるような財力を残した人間などほとんどおらず、橘家も国力の衰えと同じように衰退《すいたい》の一途《いっと》をたどっていたのだ。母は、収入が減ってゆく中、子供を作ることもできず……私はずいぶんと遅く、この世に生まれた。

母、つまり橘家当主——橘家は特殊で、女性が家の主《あるじ》を務めていた——は、私が物心つく頃にはもう、皺《しわ》の寄った老婆のようだった。

当主は私を厳しく教育し、メイドとして育てた。そんなことをする意味はもうないのに。

「すべての所作《しょさ》に、心を込めて。ご主人様に尽くす気持ちを忘れずに」

当主はよく私にそう言い聞かせた。

でも……私には「誰かに仕える」とか「誰かを守る」とか、「真心を込める」とか、そういう気持ちが、さっぱりわからなかった。

街に出れば誰も彼もが貧《まず》しく、自分の生活に手いっぱいだ。かつてはメイドの名家と呼ばれていた橘家も、残っていたのは当主と、私と、使用人の老婆だけ。すっかり没落した家だった。毎日の食事は質素《しっそ》で、私は常《つね》に空腹を感じていた。

そんな中で、どうしてほかの誰かを守り、奉仕しようと思えるというのだろうか。賃金《ちんぎん》のために誰かの召使《めしつか》いになるというのならわかる。しかし、金で結ばれた関係の中に、どうして「真心」を込められるというのか。

それらの答えを得ないまま、私はそれをまるで理解したかのような顔をして、当主の教育に従い、メイドとして育っていった。

私が十六歳……つまり、成人として認められる歳《とし》になったのとほぼ同時に、当主……いや、母は、安らかな顔をして永久《とわ》の眠りに就《つ》いた。

当主がこの世を去り、残ったのは成人したてのメイドのみ。橘家の〝メイド名家〟としての機能は完全に失われた。

「ここに残っても、アンリ様の才能を腐らせるだけでございます。どうか、国を出て、自由に暮らしてください」

私の面倒を見てくれていた使用人は……実のところ、当主が拾い上げた他国からの流れ者だった。髪の色が少し違うことが気にかかっていたが、そういうことだったらしい。彼女は鎖国中のヒモトから密航によって他国に出る方法を知っていた。

彼女が必要な手筈《てはず》をすべて整え、私は、無事、国を出た。

「……どうか、お幸せに。アンリ様のこれまでの人生が……いつか、その幸せの糧《かて》になることをお祈りします」

別れの際に、使用人が私にそう言った。生まれた時からずっと私の面倒を見てくれたその人と別れることが寂《さび》しくて、彼女の言葉は、あの頃の私には響いていなかった。そして……それは、今でも、同じだった。

ただただ、メイドとして育てられてきた。それだけしかない人生だ。

私にとっての幸せとは、一体なんなのだろう。私が今までしてきたことが、私の幸せにつながってゆくことなど、あるのだろうか。

そんなことを考えるたびに……家を出る際に、老婆から託《たく》された〝家宝〟が、存在感を主張する。先祖代々、当主に受け継がれ続ける刀、〝霊刀《れいとう》くちづけ〟。

私は、この刀を一度も抜けたためしがない。特殊な呪《まじな》いが施《ほどこ》されたこの刀には、使用するための条件がある。

その条件は……『子宮《しきゅう》のあたりがジュンとすること』だという。当主からそれを聞いた時、私は冗談でも言われているのかと思ったが……当主の顔は真剣そのものだった。

「あなたにも、心から仕えたいと思える誰かが現れたときに、きっとわかるわ」

そう言われても、私にはさっぱり、想像がつかない。

他人に心から仕えることと、子宮に、いったいなんの関係があるというのだ。

ヒモトを出て、大陸にたどり着くと、私は素知らぬ顔で『メイド名家、橘家の出身メイド』という肩書きを引っ提《さ》げて使用人としての仕事を得た。

幸い、ヒモトが鎖国していたこともあり、橘家が没落した家であることを知る者はいなかった。橘家の出身であることを公表していると、仕事が驚くほど舞い込んできたのだ。

意図的に雇用《こよう》期間の短い勤務先を選び、期間が終わるたびに勤め先を替え、転々とした。同じ人間に仕え続けるのはなんだか面倒だと思ったからだ。それに、大陸の各地を飛び回るのは、旅行のようで、少しだけ楽しかった。

そんな中……突然、王都アセナルクスの秘書官から便りが届き、私は国策の中心にいる人物、聖魔術師アベル様のメイドとなったのだ。

〝サキュバス四十八手〟という珍妙《ちんみょう》な儀式には驚かされたが……我が橘家の家宝のことを考えると、あながち、くだらないと一蹴《いっしゅう》することもできない。この世には理解できない呪いや術式《じゅつしき》が山ほどある。

セックスで世界を救おうなどと考える男がどんな人間なのかと警戒《けいかい》したが、アベル様は驚くほどにまっすぐで、素直な人間だった。

いつもおちゃらけていて、誰にでも優しく、言葉に裏表を感じない。

その言動の端々《はしばし》から、人柄の良さを感じた。

……だというのに、私は、彼を見ていると、妙に苛《いら》ついてしまうのだ。

自分の感情をどんどん口に出し、そうかと思えば、他人のことばかり本気で考えて、奔走《ほんそう》している。我が儘を言うのに、選択権を、こちらに委《ゆだ》ねてくる。

今まで仕えてきた主人の中に、こんな人間はいなかった。

私にはわからない行動原理で動き回る彼は、なんだか生き生きして見えて、私は彼を直視するのがつらくなった。

苛立《いらだ》ちを覚えるのに、嫌いにはなれない。

淡々《たんたん》と仕事をこなすことに集中しているはずなのに……どうしても、彼の行動の危うさを、心配してしまう。

自分の気持ちがわからないのは、生まれて初めてだと思った。わからなくなるほど、自分の感情が変化したのも、きっと、初めてだった。

どうして私は今さら、こんなに他人のことを考えて、悩んでいるのだろう。

なんだか、頬が温かい。ぽたぽたと、温かな雨が頬を打つようだった。

少しずつ、深いところから、意識を掬《すく》い上げられるような感覚。

そうか、私は眠っているのだ。そろそろ……起きなくてはいけない。

ゆっくりと、目を開く。


ぽた、ぽた、と頬に温かな感触。それはとても温かい雫《しずく》だった。

後頭部が痛んでいるのがわかった。寝ている間に、ぶつけでもしたのだろうか。

ゆっくりと目を開くと、目の前に、アベル様の顔があった。

……目の前に、自分の主人の顔が。

意識が少しずつ、はっきりしてくる。

そうだ、霧《きり》の森で、触手を生《は》やした魔族と出会って、戦って……それで……。

「怪我《けが》はないか？」

かすれた声で、アベル様が言った。その口から、ぽたぽたと血液が垂《た》れている。頬に垂れてきていた液体がそれだと気づき、私は背筋《せすじ》を震わせる。

視線を下ろすと……彼の腹部を、触手のようなものが貫通していた。私は目を見開いて、アベル様を見た。

「ご主人様……そんな……な、なんで……どうして……？」

彼が私をかばって攻撃を受けたことは、状況から見て、明白だった。

「あなたをお守りするのが、わ、私の仕事なのに……！　どうして、私を……」

私がたどたどしく言葉を連ねる間に、彼の腹に刺さった触手が、ずるりと引き抜かれる。ドバ、と血液が垂れた。彼は身体に開いた〝穴〟に手をかざして、それを治し始める。驚異《きょうい》的な再生速度だった。皮膚《ひふ》が、肉が、作られてゆく。

「さっき、守ろうとしてくれたろ」

アベル様は、浅く呼吸をしながら、ニッと笑った。

「俺のこと守ろうとしてくれる子をさ、見捨てられるわけないだろ」

「何を言って……それであなたが傷ついては、い、意味が……！」

「それに、さっきも言ったろ……俺、好きなヤツには元気でいてほしいんだよ」

アベル様は私の言葉を遮るようにそう言ってから、子供のように、くしゃっと微笑んだ。

「俺さ、もう……とっくに、アンリのことも好きになっちゃってるから」

「……ッ」

私は思わず、ぎゅっ、と下半身に力を入れてしまった。なんだか、おかしかった。

何かに、気づいた。何かが、変わった。

腰に括《くく》られた白い刀、存在感を主張する。

アベル様の傷が、ゆっくりと、塞がった。

しかし……彼の目はもう、焦点《しょうてん》が合っていない。

「悪い……限界みたいだ」

「アベル様……!?」

私に体重を預けるように倒れ込んでくるアベル様を、受け止める。

「……でも、大丈夫……まだ生きてる」

耳元で、彼が言う。

「……俺、まだ死ぬわけにはいかないんだ。だから、悪いんだけど……」

彼は最後の力を振り絞《しぼ》るように顔を上げて、私を見る。そして、優しく、私の頬についた血液をぬぐった。

「……守ってもらっても、いいか？」

再び、私はお腹《なか》の奥に異変を感じた。そして同時に、涙が零《こぼ》れそうになる。

私は何度も、何度も、頷《うなず》いた。

「ええ……ええ……当然です」

私が頷くのを見て、彼は安心したように、意識を手放す。首筋に指を当てる。ちゃんと、まだ脈はあった。

私はアベル様を丁寧《ていねい》に地面に横たえて、立ち上がる。

……そうか、やっと気づいた。

私は知らなかった。ずっと当主にメイドのなんたるかを教育されてきた人生。その中には、当主と、私と、使用人しかいなかったから。

アベル様に仕えるようになり、彼の人間性に触れて、私は戸惑《とまど》い、苛つき、悩んだ。

そのすべてが、とてもシンプルな、もっと大きな感情の中に内包されているものだと、気づいていなかった。

アベル様は、私を好きだと言ってくれた。……おかげで、ようやく私も気がついた。

私も……とっくに、アベル様のことが、好きだった。

「お守りします……絶対に」

私は、腰の〝白鞘《しろさや》〟の柄《つか》を強く握る。

今なら、抜ける。確信があった。

「なぜなら、私は………」

アベル様の言葉を聞いた時……確かに。

『子宮のあたりがジュンとした』のだから。


「〝あなたの〟アンリですから」


身体を回転させ、スカートをひらめかせ……滑るように、〝くちづけ〟を抜刀する。

必ず守らねばならない。大好きな、ご主人様を。

13章 ❖ くちづけと概念と龍

Succubus 48 technique

「感動的な会話！　思わず攻撃するのも忘れて聞き入ってしまいましたぁ」

　ニャルラは薄《うす》ら笑いを顔に貼《は》り付けてそう言った。

「余裕を見せる悪役は負けるのが定石《じょうせき》です」

「あらあら、私は悪ですか？　私も世界のために動いているつもりなんですけどねぇ」

「少なくとも私にとっては……ご主人様を傷つけた〝悪〟です」

「ウフフ……」

　ニャルラと会話をしながらも、私たちは独特な緊張を互いに感じているのがわかった。さっきまでとは、明確に違う。

　私はいたぶられていた。まるで格下を相手にするような余裕を、ニャルラは見せ続けていた。

しかし、今は、彼女も私のことを警戒《けいかい》しているとわかる。

「随分《ずいぶん》と空気が変わりましたね……これは私も警戒せざるを得ません」

「まずは減らず口を閉じるところから始めてはいかがでしょうか」

「どうでしょう、何度も申し上げている通り……あなたを傷つける気はないのです。後ろで倒れているアベル様の命さえいただければ」

「お断りします」

「ウフフ……わかってはいましたが、こうもにべもなく断られると……傷つきます、ねッ！」

不意を突くようにニャルラが触手《しょくしゅ》を繰り出してくるが、私はそれを瞬時に目で捉《とら》え、刀《かたな》を振るう。刀身《とうしん》が軽い。それに……私自身の反応速度も上がったような気がした。くちづけが、私に力をもたらしてくれているのだろうか。

触手に刃《やいば》がめり込み、真っ二つに斬《き》り裂いた。今度こそ、ちゃんと。

「……！　これは、これは」

ニャルラは驚き、切れてしまった触手の根元を見つめる。

「私の触手を斬れる刀……ですか。よもや、こんなところで〝呪《まじな》い憑《つ》き〟の武具を見ることになるとは。ウフフ……私はつくづく、運がない」

「まだ無駄話をする余裕があるのですね」

私は地面を蹴《け》り、ニャルラとの距離を急速に縮《ちぢ》める。彼女は触手を繰り出しそれを抑制しようとするが……その反応は予想済みだ。迫ってくる触手を迎え撃つ。驚くほどすんなり刃が通り、またも触手が千切《ちぎ》れ飛んだ。

次から次へとニャルラが触手を私に襲《おそ》いかからせるものの、そのすべてを、私は斬り落としてゆく。

「ウフフ、どんどん私の触手が〝ここにない状態〟になってゆく、これは面白《おもしろ》い感覚ですねぇ」

まだ薄ら笑いをやめないニャルラ。

これだけ戦闘しても、まだ彼女の余力は未知数だと思った。あまり長引かせるべきではない。私はさらに距離を詰め、ニャルラの身体《からだ》を狙《ねら》って刺突《しとつ》を放つ。が、彼女はひらりとそれをかわす。

ニャルラの触手を斬り落としながら、直接攻撃の間合いに入るタイミングを窺《うかが》う。何度もかわされたが、粘《ねば》り強く続ける。彼女の触手は、斬っても斬っても、気づけば新しいものがそこに〝あった〟。生《は》えてくるところが見えるわけではないのに、気づけばそこにある。触手を斬り落としていくことには特に意味がないと決め、とにかく、私は彼女の身体を直接狙う機会を探り続けた。

そして、ようやく……彼女が私の〝必中の間合い〟に入る瞬間が訪れた。

地面を強く蹴り、彼女の右肩から左腰まで流れる剣筋を想像し、刀を振るう。

……が、その斬撃《ざんげき》は彼女の手に持ったステッキによって受け止められた。ガキン！　という金属音が鳴り響く。

「……良かった、さすがにこのステッキは斬れないようですね。お気に入りなので、真っ二つにされたら泣いてしまうところでしたよぉ」

私の全力の斬撃を受け止めながら、ニャルラは不敵に微笑《ほほえ》んだ。そして、彼女の背後の触手がぬらぬらと動く。刀を振れぬ状態で触手を繰り出されれば、防ぐ手立てがない。私は素早く彼女から離れ、触手を迎撃《げいげき》する体勢に入ったが……。

ニャルラはパッ！　と両手を上げて言った。

「降参《こうさん》でーす!!」

「……はっ？」

私は思わず間抜《まぬ》けな声を上げてしまう。

ニャルラはくつくつと笑いながら困ったように言った。

「このままあなたと戦い続ければ私の命が危ない。アベル様と同じく、私もここで死ぬわけにはいかないのです」

「ご主人様を殺そうとしておいてそんな言い分が通ると――」

「まあ、まあ、聞いてください。私は今から逃げますので、私の支配する〝不可視の眷属《けんぞく》〟も消えます。つまり、あなた方は無事に帰ることができるというわけです。良い話ではありませんか？」

脅迫《きょうはく》したかと思えば、今度は命乞《いのちご》いとは。他人《ひと》を馬鹿《ばか》にするにもほどがある。

「……ここであなたを始末する方が、よほど魅力的です……ッ」

そう言い放ち、再びニャルラに肉薄《にくはく》するべく、私は脚《あし》に力を込めた。

しかし……その瞬間、私の身体は硬直した。ニャルラに何かをされたわけではない。けれど……このまま勢いで彼女に飛びかかってはいけない！　と、脳が身体に命令を下したようだった。全身に汗《あせ》をかき、私は一歩も動けなかった。

〝動いたら死ぬ〟と、なぜか、思った。

その場で硬直した私を見て、ニャルラは柔和《にゅうわ》に微笑んだ。

「……賢明です。あなたは本当にお強い方なのですねぇ」

ニャルラはそう言って、鼻からスー！　と大きく息を吐いた。

「私は約束は必ず守ることを信条としています。不本意ではありますが、あなた方はここから無事に帰り、サキュバス四十八手をまた一手進めることができるでしょう」

彼女はコン、と音を立てて、地面をステッキで突いた。

「しかし……あなた方は知らないのです。あの儀式を進めると、世界がどうなってしまうのか」

「あれは救世の儀のはずです。実際に、人類を救う福音《ふくいん》がもたらされ始めている。あなたはそれが不都合で、アベル様を始末《しまつ》しに来たのでしょう」

「その言葉についての是非《ぜひ》を、私からはっきりと申し上げることはできません。合っているとも、間違っているとも言えるからです。確かにあれは救世の儀式なのでしょう、携《たずさ》わるすべての者、そして福音を与える主ですら、あれが世界を救うと信じている」

ニャルラは一息にそう言ってから、低い声で呟《つぶや》いた。

「だからこそ……恐ろしい」

私には彼女が何を言いたいのかわからない。いや、彼女は意図して〝わかるように言っていない〟のだ。そうすることで彼女に益《えき》があるのか……それとも、何か〝言えない理由がある〟のか……それすらも、私にはわからない。

どのみち……魔族の言うことなど真《ま》に受ける必要はない。

「ですから……私は、いえ……〝我々〟は、何度でも、儀式を止めに参ります。次にお会いする時には、アベル様の気が変わっておられることを、心より祈っておりますよ」

そう言って、ニャルラは深々とお辞儀《じぎ》をしてみせた。

「それでは、ごきげんよう」

彼女がそう口にした瞬間……もう彼女はそこにはいなかった。

先ほどまで放たれていた威圧《いあつ》感も、完全に消えている。

「………………はっ」

彼女がいなくなったとわかった途端《とたん》に、息が漏《も》れる。十分に呼吸することを急に思い出したようだった。緊張で呼吸が浅くなっていたようで、肩を上下させながら必死に呼吸をした。

剣技には自信があった。当主から、メイドの心得《こころえ》と共に、戦うための技術と、私の習得できる範囲の〝妖術《ようじゅつ》〟を叩《たた》きこまれていたからだ。大陸に出てきてから、一人で出歩くと何度も荒くれ者に絡《から》まれた。そのすべてを返り討《う》ちにし、私は自分が〝強い側〟の人間だと思い込んでしまっていた。

……圧倒的な力。上位存在故《ゆえ》の、威圧感。

ニャルラからは今まで感じたことのないほどの〝力〟を感じた。くちづけを抜き、彼女の触手を斬った時でさえ、私は『一手間違えば殺される』と、心のどこかで思っていた。

ご主人様は、私が気を失っている間……あんな化け物と、一人で……。

そこまで考えて、私は慌《あわ》てて後ろを振り返る。

アベル様は、私が横たえた時とまったく同じ姿勢で、そこにいた。彼に駆け寄り、脈を計り、息をしていることを確認した。

「…………良かった」

私は心から安堵《あんど》した。そして……後悔が湧《わ》き上がる。

私が、彼を勇者パーティーの隊列から引きはがしたから、こんなことになってしまったのだ。

もし隊列を離れなかったとしても、ニャルラは我々の前に現れただろうと思う。そして、取引を持ちかけたはずだ。けれど……少なくとも、こんなにアベル様だけがいたぶられ、傷つくことはなかったのではないかと思う。

「……二度と……二度と、危険な目には遭《あ》わせません。絶対に……」

私は誓《ちか》うようにそう呟き、気を失ったままの彼の身体を起こし、背負った。

……期待してはいけないとはいえ、もし、ニャルラが約束を守ったとしたら、あの巨大な触手の魔物は消え、勇者パーティーもスズカ姫と共に森の中心へ向かっているはずだ。

私は元来た道を戻りながら、勇者パーティーの足取りを追う。


「……き、消えた……？」

霧《きり》の奥から猛攻を続けてきていた巨大な触手の魔物の気配が、突然消えた。攻撃も止まった。

前衛《ぜんえい》を張っていたエリオットとジルが困惑《こんわく》しているのを見て、私は隣に立っているアベルの袖《そで》を引っ張る。

「ねえアベル、これってどうなって――」

「えっ？」

「……えっ？」

私が袖を引っ張った相手は、聖魔術師エリナだった。

慌てて、辺《あた》りを見回す。

アベルがいない。それに、アンリも。

「そんな、今の今まで隣に……！」

「え、えっと……隣にいたの、ずっと、私ですけど……」

困惑する私を見て、エリナも混乱したように言った。

「どうしたの、ちょっと静かにして。トゥルカの素敵《さくてき》の邪魔になる」

ヒルダが声を潜《ひそ》めながら、私とエリナの傍《そば》までやってくる。

「アベルとアンリがいないの。さっきまで近くにいたはずなのに」

「えっ？　あたしも二人の気配はずっと感じてたはずだけど……」

ヒルダは言いながらきょろきょろと視線を動かしてから、困ったように言う。

「確かに、いないわね……」

「ど、どうしよう……捜しに行った方が」

「それはダメ」

私の言葉を、ヒルダが遮《さえぎ》った。

「こんな霧の深い森の中で、少人数のメンバーを捜しに行くのは悪手《あくしゅ》だよ。あたしたちの目的は、あくまで霧の宝玉《ほうぎょく》を完成させて持ち帰ることでしょ」

「でも、アベルが生きてないと、儀式が……！」

「それは、信じるしかない」

ヒルダはきっぱりと言う。

「信じたうえで、あたしたちはあたしたちのやるべきことをやる。捜すにしても、それを終えた後」

ヒルダはそこまで言ってから、トゥルカの方へ振り向いた。

「トゥルカ、どう？」

「……やっぱり、完全に気配が消えた。いなくなったと考えていいと思う」

「そ。じゃあ、目的通り、全員で森の中心へ向かうよ」

ヒルダがそう言うと、勇者パーティーのメンバーは全員、なんとも言えない表情をしながらも、頷《うなず》いた。

ヒルダは私に向き直って、言った。

「……あたしたちがアベルのことどう思ってるか、あんたももう知ってるよね」

彼女の言わんとしていることは、私にもわかった。彼らだって、アベルを見捨てたいわけではないのだ。けれど……今は、自分たちのやるべきことをやって、少しでも儀式の成功の確率を上げるべき。彼女はそう言っている。

「……わかったわ」

「いい子」

ヒルダは私の肩をぽん、と叩く。

「大丈夫。あのメイドも一緒にいるんだとしたら、アベルはきっと生きてる」

「そうよね、絶対、そう」

私は自分に言い聞かせるように頷いた。

「じゃあ……魔物の再出現を警戒しながら、森の中心へと向かおう」

エリオットがそう言い、再び私たちの立ち位置を指示する。それに従い、隊列を組んで私たちは森の中を進んだ。

後列を歩く私。少し前にはトゥルカが歩いていて、全方位の索敵に注意を割《さ》きながらも、ときどき私の方を気にしてくれているのがわかった。

やっぱり……私は守られている。守られてばかりだ。

アベルがいなくなっても、それに気づくこともできなかった。アンリはきっとアベルのことを守ってくれているだろう。それに比べて、私は一体何をしにここに来たというのか。多くの人の力を借りて、それに甘えているだけなのではないか。このまま儀式と旅は続くのに、私はこのままでいいのだろうか。

……守られるだけの存在でいたくない。何もできない人でいたくない。

島を出たばかりの頃の気持ちがよみがえる。

私は探すべきだ。儀式を行う以外にも……自分にできることを。

そう、強く思った、その時。

角《つの》が、ピリピリと痺《しび》れる感覚があった。そして、尾骶骨《びていこつ》のあたりに、違和感を覚える。

そう、これは……アベルと儀式をして、淫紋《いんもん》が光る時の感覚に近い。どうして今、こんな感覚が私の身体に芽生《めば》えているのか。突然のことすぎて、困惑する。

『やかましい……誰だ、我が森を散らかしているのは』

急に、脳内に声が響く。その声と共に、私の角がびりびりと小さく揺れたような気がした。

『誰だ……我が森で無法を働くのは』

苛《いら》つきと、気だるさが混ざったような声。角が、びりびりと振動する。頭がくらくらした。

「全員、止まって！」

先頭を歩いていたエリオットが、緊張感のある声を出した。

彼の少し奥……霧の向こうに、大きな影が見える。

その影はのそりと動き、それから、少しずつ濃くなってゆく。

霧を切り裂いて、ズッ！　とこちらへ顔を出したのは……あまりに巨大な龍の首だった。

「……ッ！」

前衛を務めていたエリオットとジルも、一瞬気圧《けお》されたように後ずさりする。

「これが……霧の龍か……！」

エリオットが言う。

〝巨大な龍〟とは聞いていた。けれど……その言葉から想像される大きさよりも、実物はもっと巨大だった。そして……眠っているはずだったそれは、目を開き、私たちを見ている。

龍は、一人一人の顔をじっと見るように、ゆるやかに首を動かした。

そして、私を見て、少しだけ、目を細める。

「あっ……くっ……」

角が、びりびりする。尾骶骨の違和感が加速して、私は気づいた。尻尾《しっぽ》が生え始めている。

どうして、こんなタイミングで。

身体の違和感に困惑しながらも、私は龍から目を逸《そ》らすことができなかった。

『小娘。教えろ……』

龍が、私に語りかけてくる。さっき聞こえた声は、彼のものだったと、確信する。

「全員、武器を――」

「待って！」

エリオットが全員に戦闘号令を出そうとするのを、私は大声で止めた。

エリオットは驚いたように私の方を振り向いて、それからハッと息を呑《の》んだ。

私の身体は、すっかり、〝サキュバス〟になっていた。角が震え、尻尾が伸び……そして、
なぜか、身体が桃色に輝いている。

私はゆっくりと、龍の目の前まで歩いてゆく。

「あ、ちょっと……！」

エリオットが私を止めようとするが、私は、この龍に攻撃されることはないと確信していた。

「大丈夫」

私は小さな声でそう言って、エリオットの前を、歩く。

私は龍の首の真下まで歩き、その場で、正座をし、両手を地面につけ、お辞儀をした。身体

が、自然に、そうすることを選んでいた。

『この森に土足で踏み入り、神の力を行使した者がいる。しかし、おぬしらではないな。片方は〝狡猾《こうかつ》で愉悦《ゆえつ》的な〟色を、もう片方は〝純朴《じゅんぼく》で脆《もろ》い〟色を感じた……』

龍が、私の頭上から尋《たず》ねてきた。

純朴で、脆い。きっと……それはアベルのことだ。やっぱり、危ない目に遭って……そして、エレクトザウルスと戦った時のように、あの不思議な力を使った。

私は、頭を上げ、霧の龍と目を合わせる。

「後者は、きっと、私の友人のものです。しかし、彼に悪意はありません。自分の身を護《まも》るために力を使ったのだと思います」

そこまで言って、私は再び、地に伏すように、頭を下げた。

「私が代わりに、謝罪いたします」

『人間の謝罪などいらぬ。頭を上げろ』

霧の龍の声は、どこか優しかった。私はゆっくりと顔を上げた。

『私は、眠り続けられればそれでよい。そのために、この地を選んだ。だというのに……どこの何とも知れぬ神性をばらまく者が二人も現れては、うかうか眠ってもいられぬ。それが去ったと思えば、今度はお前たちだ』

そう言って、私をじっ、と見つめる霧の龍。何をしに来た、と問われているのだと思った。

「あなたの眠りを妨《さまた》げるつもりはございません。私たちは、あなたの吐き出す霧を集めたいだけなのです」

『そんなものを集めて、どうする』

「……世界を救うために、使います」

私がはっきりと答えるのに、霧の龍は鼻から息を吐いた。人間のそれとは違い、私は後ろに吹き飛ばされそうになるのをなんとか両腕を地面に突いてこらえた。

『異《い》なことを、本気で言う者もいるのだな』

霧の龍は、急に興味をなくしたかのような表情をした。……どうして私に、龍の〝表情〟がわかるのだろうか。でも、彼がそういう顔をしたのが、私にははっきりと伝わってきたのだ。

『好きにしろ。それを終えたら……さっさと出て行け』

「……感謝します」

私が頭を下げるのも見ずに、龍は首を霧の奥へ引っ込めて、そのまま動きを止めた。すぐに、龍の深く、規則正しい呼吸音が聞こえ始めた。

気がつけば、角の痺れはおさまっていた。尻尾が、ゆっくりと消えてゆく。

私は立ち上がろうとしたが……できなかった。腰が抜けてしまっている。

「しゃ、喋《しゃべ》ってたのか？　霧の龍と？」

エリオットが私に駆け寄ってきて、訊《き》く。私は、力なく頷いた。

「ど、どうやって……？」

「あたしにもわからない。でも……なんとなく、できると思ったの」

私は少し朦朧《もうろう》としながらそう答え……すぐに、ハッとする。

「霧をもらうこと、龍が許してくれたわ。……さっさとやりましょう」

私は懐《ふところ》より、エーリカから受け取った魔石を取り出す。ヒルダがすぐに歩み寄ってきて、私から石を受け取る。

「よくわかんないけど……よくやった、スズカちゃん。あとは任せときな」

ヒルダは石を地面に置き、それを中心になにやら黒い粉で魔法陣を描き始める。

「スズカ……立てる？」

私の横に、トゥルカがしゃがみこんでいた。私は、苦笑しながら首を横に振った。

「……立てない。腰、抜けちゃって」

「もう……。はい」

トゥルカが、するりと私の左脇《わき》から、彼女の右腕を背中に通し、腰を掴《つか》む。肩を貸してくれるというのだ。

「立つよ、せーの」

「わ……っとと」

「……守るって言ったのに、結局、あんたに守られちゃったわね」

トゥルカはバツが悪そうに言ってから、横目で私を見た。

「……借り、ってことにしといてあげる」

「いいわよ、そんなの。道中では、ちゃんと守ってもらった」

「……じゃあ、チャラってことでいっか」

「ええ。それでいい」

トゥルカはなんだか照《て》れくさそうに、くすりと笑った。

それから……スッと真剣な表情になる。

「……宝玉を完成させたら、絶対にアベルを見つけないとね」

彼女がそう言うのに、私も力強く頷く。

「ええ、絶対に」

私がそう言うのと同時に、ヒルダが術式《じゅつしき》を完成させ、声を上げる。

「みんな、これから魔力を放出する行為は一切禁止。いいね？」

ヒルダの声は厳しかった。全員を見回して、合意を取る。それから、彼女は石に手をかざし、ぼそり、と私たちには聞こえない呪文《じゅもん》を口にした。

その瞬間……魔石がかたかたと振動し、その周辺の霧が渦《うず》巻《ま》きだす。あっという間に、その渦は大きくなってゆき、みるみるうちに魔石が霧を吸収し始めた。

不思議な感覚だった。大量の霧がすごい勢いで魔石に吸い込まれてゆくのに、私たちの身体は髪の毛一本揺れはしない。ひたすらに霧だけが吸収されてゆき……。

「……！」

辺りの霧が晴れると、少し先に眠る霧の龍の全貌《ぜんぼう》が明らかになった。丸まって眠っていても、それはまるで小さな要塞《ようさい》のようであった。岩のような白い身体。鱗《うろこ》一枚一枚を見ても、その巨体が悠久《ゆうきゅう》の年月を生き抜いてきたことを感じさせる。

「あんなものを討伐《とうばつ》するなんて……とんでもないことだ」

エリオットは小さく呟く。

そこに鎮座《ちんざ》しているだけで、圧倒的な存在感と威圧感を放つ霧の龍。私たちが気安く触れて良いような存在ではないと、思い知る。

「……できたよ、霧の宝玉」

霧の吸収が止まり、ヒルダは何度か宝玉を突《つ》いたのちに、それを手に取って見せた。真っ黒だったはずの魔石は、石灰色《せっかいしょく》に染まり、表面がきらきらと輝いている。美しかった。

「霧も晴れたけど、多分、一時的なもの」

ヒルダはそう言いながら、後方の霧の龍を一瞥《いちべつ》した。

龍が呼吸をするたびに、その身体から白い霧が生み出されているのが、目に見えた。

「さっさとここを離れて……ついでにアベルを……」

言葉の途中で、ヒルダは驚いたように目を丸めた。私の後方に視線が固定されている。

何かと思い、振り向くと、そこには。

「皆様!!!」

同時にこちらに気づき、声を上げるアンリがいた。メイド服は血にまみれていて……その背中には、ボロボロになったアベルが背負われている。

「アベルッ!!」

私とトゥルカが駆け出すのは同時だった。

アンリに駆け寄ると、彼女はアベルを地面に下ろした。

「い、生きてるの……!?」

私が訊くと、アンリはおもむろに頷く。

「ええ、なんとか。皆様もご無事でなによりです」

「良かった……アベル、良かった……」

トゥルカは、気を失ったままのアベルの胸に顔を押し当てて、涙を流した。

皆が大慌てで集まってきて、アベルを見る。そして……その身体の状態を見て、絶句した。

「何をどうされたら、こうなるのよ……」

ヒルダが顔を真っ青にしながら呟く。

アベルの傷は塞《ふさ》がっていたものの……服には無数の穴が開いており、ぼろきれのようになった彼の衣服には、血の染《し》みついていない部分はなかった。

「仔細《しさい》はのちほど私からご説明します。まずはアベル様の身体の処置をお願いいたします」

アンリは手短に指示を出す。エリナがすぐに、アベルの真横に膝《ひざ》をついて、回復魔法を彼の身体に当てた。

「宝玉は回収した。アベルも、あんたも無事だったなら……あたしたちの任務は終了」

ヒルダがそう言って、アンリの肩を叩く。

「よく連れ帰ってきてくれた」

アンリは複雑な表情で、首を横に振る。

「……当然のことを、したまでです」

はぐれた二人に何があったのかは知らない。あとで聞かせてもらえばいい。

とにかく今は……。

「……よかった」

私は小さく呟いて、アベルの頬《ほお》を手で撫《な》でる。

アベルが生きていてくれて、本当に、良かった。

エリナができうる限りの回復魔法をアベルにかけ、私たちは足早に霧の森を後にした。

それから、来た時と同じように丸三日かけて王都へと戻ったのだが……その道中で、アベルは一度も目を覚まさなかった。

私は毎日、アベルの隣で眠り、彼の脈と呼吸が正常であることを確認しつづけていた。

14章 ◆ パンツと抱擁と耽美漫画

Succubus 48 technique

最後の記憶は……ひらめくアンリのスカートの中に見えたパンツだった。

黒くて、めちゃくちゃレースが入っていて、すげーエッチだった。彼女のお尻《しり》はキュッとしまっていて、触ったら硬《かた》さと柔らかさの塩梅《あんばい》がちょうどいいんだろうなぁ、なんてことを妄想《もうそう》する。

あれ……でも、メイド服を着たアンリのパンツって、見えないんじゃなかったっけ……？

えっ、じゃあ……あれは、夢!?

そんな！　やっとパンツが見れたのに！　あれが夢だなんてそんなわけが……！

「……？」

じわ、と視界が開ける感覚。眩《まぶ》しすぎて、上手《うま》く目を開けられない。

光に目が慣れてきて、少しずつ、瞼《まぶた》を開いてゆく。

「……知ってる天井だ」

ようやく視界がはっきりする。そこは王宮内の、俺に貸し与えられた一室の景色だった。

俺は困惑《こんわく》する。

霧《きり》の森に、いたはずでは……？　そこでニャルラと名乗る魔族と会って、めちゃくちゃに身《から》体《だ》を触手《しょくしゅ》で……。

俺はガバッ！　と身体を起こした。それから、自分の上半身をぺたぺたと触る。

穴は……あいて、ない！

つまり……生きているのか？

「無理に身体を起こしてはいけません」

窓際から声がして、そちらに視線を向けると……そこには、リュージュ姉さんがいた。

「……リュージュ姉さん」

俺は……霧の森で、アンリから聞いたことを、思い出してしまっていた。

リュージュ姉さんは、俺を守ろうとしてくれた。けれど……それ以外を切り捨てることを、厭《いと》わなかった。

俺の表情が硬くなるのに気づいたかのように、リュージュ姉さんは気まずそうに視線を床へと落とす。

「あなたは五日間も寝たきりだったのですよ。アンリとスズカ様が寝ずに看病を」

「……霧の宝玉《ほうぎょく》は？」

いつもなら、もっとゆっくり会話を始めていたはずだった。「迷惑かけちゃったな」とか、

「リュージュ姉さんにも心配かけたね」とか、そういうことを言っていたはず。

けれど……今の俺は、そうできなかった。

俺の問いに、リュージュ姉さんは頷《うなず》く。

「無事、回収できました。負傷者もあなた以外にはいません」

「そうか……良かった」

ほっとした。みんな無事で、宝玉も回収できたなら……ほかになにも言うことはない。

俺はベッドを出て、立ち上がる。

足が、床を踏む感覚が、なんだか鈍《にぶ》かった。きちんと踏みしめられている感覚がなく、少しふらつく。

「ま、まだ安静にしていなければ」

リュージュ姉さんが慌《あわ》てたように言うが、俺は首を横に振る。

「スズカと話したくて」

「そんなの、もう少し休んでからでも――」

「リュージュ姉さん」

俺が低い声で呼ぶと、彼女は身体をびくりと震わせた。

おそらく、アンリがすべてを彼女に話したのだろう。俺が、リュージュ姉さんの下した命令を知っているということを、多分、彼女自身も知っているのだ。そして……負い目を感じている。

責めたいわけじゃない。彼女は、俺の親同然だ。ずっと、俺のことを大切にしてくれていたのを、知っている。

でも……だからといって、今ここで笑って許しますよ！　というポーズができるほど、俺は大人じゃなかった。

「……俺のことを思ってくれてるのは、わかる。あなたの優しさは、俺が一番よく知ってる。でも……」

俺は横目でリュージュ姉さんを見つめて、言った。

「二度と……〝俺だけ助けよう〟だなんて、思わないでくれ。もし、本当に、俺だけが助かるような結果になったとしたら……俺は、一生、あなたを許せなくなる」

そう言って、俺は部屋を出るべく歩き出す。

「アベル、わ、私は……！」

リュージュ姉さんのその言葉の続きは、部屋を出て、ドアを閉めてしまい……俺の耳には届かなかった。

大人じゃなくてごめん、姉さん。

少しだけ、時間をください。もう少しだけ落ち着く時間をもらえたら……きちんと話をして、守ろうとしてくれたことに、「ありがとう」と伝えるから。

俺は心の中で謝罪して、王宮の廊下を歩く。

思えば、スズカの部屋に自分から向かうのは初めてだと思った。場所は知っているものの、部屋が近づいてくるとなんだかドキドキする。

スズカの部屋の前にたどり着き、ドアをノックする。

「はい」

中からスズカの声がして、俺は安堵《あんど》した。聞いてはいたけれど、彼女もちゃんと、無事だった。そのことが、何よりも嬉《うれ》しい。

「あの……アベルだけど。さっき起きてさ――」

言葉の途中で、部屋の中からガタガタ！　バタン！　と派手《はで》な音がした。そして、ドタドタと足音が近づいてきて、思い切りドアが開く。

「アベルッ!!」

「うわっ!!」

スズカが、体当たりのような勢いで俺の身体に抱きついてきた。長いこと眠っていたせいで足元の感覚が不安定だったこともあり……俺は、そのまま後ろに倒れてしまう。

「痛《い》ってぇ!!」

思い切り床に尻を打つ。

「あっ、ごっ、ごめんなさい、大丈夫……!?」

「大丈夫、大丈夫。それよりスズカは——」

「あたしよりあんたのこと!!　魔族に襲《おそ》われたんでしょ？　それでたくさん刺されて、それで……アンリのことかばってまた怪我《けが》して……！」

捲《まく》し立てるように言うスズカの目に、じわりと涙が溜《た》まってゆく。

「わ、な、泣くなよ……」

「うるさいバカ！　あんた約束守る気あるわけ!?　他人のために自分の身体ボロボロにして!!」

「俺が生きてるってことは……アンリが守ってくれたってことだろ？」

「それは……！　そうだけど……！」

「アンリがいてくれたから、俺は生きて帰ってこられたんだよ。俺の選択は、正しかっただろ」

俺が堂々とそう言うのに、スズカは何度も口をぱくぱくと開け閉めしてから。

「バカ！」

そう言って、俺の胸に顔をうずめた。

俺はその頭を撫《な》でながら……言う。

「ごめん……約束を破る気はなかったんだ。でも敵が強すぎて、結局一か八かになっちまった」

「……わかってる。責めたいわけじゃない。だけど……」

「心配させて、ごめんな」

俺が彼女の言葉を先取りして、言う。心配をかけたことくらい、わかっている。

スズカは両腕の力をぎゅう、と強めて、胸に顔を押しつけたまま言った。

「……心配させないで」

「それはさすがに約束できないな……今後も、きっと何度も魔族と会うことになる」

「なるべくでいいから」

「……わかった。それに、これからはもっと一緒にいよう。ちょっと、最近はスズカを一人にしすぎた。ごめんな」

俺がそう言うと、スズカはズッ！　と派手に鼻を啜《すす》ったのちに、顔を上げた。俺の服にちょっと鼻水がついている。

「……もう、いなくならない？」

彼女は潤《うる》む瞳《ひとみ》で俺を見ていた。

「大丈夫、いなくならない」

「怪我も、なるべくしないで」

「わかった、気をつける」

「それから……それから……」

スズカは、俺に言いたいことがたくさんあるようだった。

言葉を選ぶように視線をうろつかせたのちに、スズカは消え入るような声で言った。

「……ぎゅっ、てして」

俺はどきりと心臓が跳《は》ねるのを感じた。それから、なんだか可笑《おか》しくなる。

「あははっ」

俺が思わず笑ってしまうと、スズカはまた俺の胸にぎゅう、と抱きついて、大声で言った。

「して!!」

「わかった、するよ」

俺は、スズカの背中に腕を回して、彼女を抱きしめ返す。

「……あんたが全然起きなくて、心細かった」

「ごめん。ずっと寝ずに看病してくれてたって聞いた」

「アンリと交代だったから、大丈夫」

「それでも……ありがとう」

「ん……」

甘えるように、スズカは俺の胸にぎゅうぎゅうと頭を押しつける。

初めて出会った時は、取り付く島もないほどにツンツンしていた彼女だったが……思いのほか、甘えん坊なところがあるんだなぁ、と思う。

そして……そんな彼女の一面を、とても可愛《かわい》らしいと思う。

俺とスズカは数分間、抱きしめ合ったまま、じっとしていた。

「はぁ……よし」

満足したのか、スズカが俺からゆっくりと離れて、俺を助け起こしたのちに、部屋の中に戻ってゆく。そして……木箱を持って、戻ってきた。

「これ」

スズカが蓋《ふた》の箱をおもむろに開けて、中身を俺に見せた。

「霧の宝玉」

「これが………めちゃくちゃ綺麗《きれい》だ」

霧の宝玉は、白に近い灰色《はいいろ》だったが……表面にきらきらと輝く粒子《りゅうし》がついているように見えた。指で触れても、表面はつるつるとしているから、実際についているわけではないようだったが……何にしても、真っ黒だった石がこんなに美しい色に変わるとは、信じがたい。

「ええ。詳《くわ》しい使い方は、エーリカが教えてくれると思う」

スズカはそう言って、箱ごと俺に霧の宝玉を渡す。それを受け取り、俺は頷いた。

「わかった。じゃあこのまま、エーリカの工房に行ってくる」

「……えっ？　病《や》み上がりなのに」

スズカは心配そうに俺を見つめる。

「五日も寝てたんだろ、俺。移動期間を差し引いても、二日は無駄にしたことになる。次の儀式の準備を急がないと」

「じゃ、じゃああたしも行く……！」

「大丈夫、スズカはもう寝てくれ」

俺が言うと、スズカはハッと息を吸い込んで、気まずそうに視線をうろつかせた。

あれだけ近い距離で顔を見たら、イヤでもわかる。彼女の目の下には濃いクマができていた。

本当に、睡眠時間を削《けず》って看病してくれていたのだと思う。

「王宮内を通って工房に行くだけだ。散歩がてらのリハビリだと思って、のんびり行くよ」

「……わかった。さっき、アンリも工房に向かったはずだから、帰りは彼女と一緒に戻ってきたらいいと思う」

スズカはそう言って、控《ひか》えめに俺に手を振った。

「またね。ちょっと寝るけど……起きたら、また話そ」

「ああ。ゆっくり休んでくれ」

扉を閉め、俺は霧の宝玉を持って、王宮の庭へと出る。

部屋着のまま出てきてしまったが……まあ、ちょっと行って戻るだけだし、いいか。

今日は天気がいい。五日も眠ってしまう前の最後の記憶は薄暗い霧の森の中のものだったから……日光がやけに気持ちよく感じられた。

のんびりと歩いていると、だんだんと足の感覚も平常に戻ってゆく感じがした。

きっと筋力は落ちてしまっただろうから……身体が本調子に戻ったらすぐに筋トレを再開せ

ねば。

　そんなことを考えながら歩いていると、庭の途中、薄緑色の芝生《しばふ》の中に、不自然な〝色〟が混ざっていることに気がついた。

　近づいてゆくと、それは、なんだかやけに馴染《なじ》みのある『縦長《たてなが》長方形』の物体だとわかる。

　あれは……まさか……。

　目の前にくるまで近づいて、確信する。これは、雑誌だ。

　表紙に、めちゃくちゃ布面積の少ない水着を着た爆乳お姉さんの絵が描かれているのを見て、俺の股間《こかん》がドクリと疼《うず》く。

　これは……『月刊極楽天《ごくらくてん》』の、最新刊じゃないか……！

　ゴリゴリの、成人向け耽美《たんび》漫画雑誌、極楽天。俺の毎月の楽しみだ。

　五日間も眠ってしまっていた俺は、股間にたっぷりと『出すべきもの』が溜まっているのを感じた。

　俺は辺《あた》りをきょろきょろと見回してから、しゃがみこむ。

「迷子になっちゃったのかな？　困ってる耽美本は助けてあげないとな……」

　自分でもわけのわからないことを口走りながら、極楽天に手を伸ばし、その表紙に触れる。

　その瞬間……全身に、電流が流れたような感覚があった。

「かっ……！　あっ…………えっ……？」

俺は全身痺《しび》れてしまい、その場でこてんと倒れる。

な、なんで耽美漫画雑誌を触って身体が痺れるんだ？　五日間もシコってなかった俺には刺激が強すぎたか……⁉

指一本動かせないまま、痙攣《けいれん》する目を懸命に動かすと……俺の方へ走ってくる小さな女の子の影が見えた。

「ワハハ‼　ほんとにエロ漫画で釣れたぞ‼」

大声を上げながら、女の子が走ってくる。

視界に入ってきたのは、黒いバニースーツを着た女の子と、白いバニースーツを着た女の子。

王宮内に、バニースーツを着た女の子なんているはずはない。俺はまた、ヘンな夢を見ているのかもしれない。

「よーし、さっさと回収してずらかるぞ！」

黒いバニースーツの女の子がそう言いながら、地面に何かを叩《たた》きつけた。その瞬間、周りがもくもくと煙っぽくなる。

またこれか。霧とか煙とか、もう懲《こ》り懲《ご》り。

「お姉ちゃん、この変態も連れて行こう」

薄れゆく意識の中で、俺はそんな声を聞いたような気がした。

俺は……変態じゃないぞ……。

「はい。これが、じ、滋養強壮《じようきようそう》にいい薬」

エーリカさんが、カウンターの上に小瓶《こびん》を置いてくれる。私はそれを受け取り、深々と頭を下げた。

「ありがとうございます。本当に助かります」

「ふふ……どういたしまして。か、彼のことが心配なんだねぇ」

エーリカさんが優しく微笑《ほほえ》みながら言うのに、私は小さく頷く。

「……ええ」

アベル様は、五日間も眠り続けていた。先ほどリュージュ様から彼が目を覚ましたという連絡をもらって、私は全身の力が抜けてしまうほどに安堵した。

しかし、私は彼の〝メイド〟である。私のすべきことは、真っ先に彼に会いに行くことでも、無事を喜ぶ言葉をかけることでもない。

アベル様の体調を万全《ばんぜん》に戻し、彼の成し遂《と》げるべきことをサポートするのが、私の務めだ。

「アベルくん、ちょっと、あ、危なっかしいところ、あるもんねぇ」

エーリカさんはのんびりとそう言ってから、私をじっと見る。

「ご、護衛《ごえい》がついた、って聞いて……あ、安心した。彼のこと、しっかり、守ってあげて、ね」

彼女の言葉はたどたどしかったが、その奥底に、純粋な優しさを感じた。私は力強く、首を縦に振る。

「必ず。私の命に代えても」

「お、おおげさだなぁ……」

エーリカさんはそう言って苦笑したが……私は本気だった。

彼は、私のために命を懸《か》けてくれた。そしてそれは……ただの自己犠牲《ぎせい》ではなく、私を生かすことで、『必ず自分を守ってくれるはず』と信頼してくれたのだということを、私は理解している。であればこそ……私は、彼の信頼に応《こた》えなくてはならない。

「あ、アンリさんも……無理しちゃ、ダメだよ？」

「……お気遣《きづか》い、痛み入ります」

彼女の優しい言葉に、私が頭を下げるのと同時に……懐《ふところ》に忍ばせていた〝伝達石《でんたつせき》〟が振動した。これは、リユージュ様直通のものだ。

「はい、こちらアンリ」

私が応答すると、リユージュ様のものとは思えない大きな声が耳に飛び込んでくる。

『あなた、今どこにいるんですか!?』

そのただならぬ声色《こわいろ》に、私は少し緊張しながら返答する。

「エーリカ様の工房ですが……どうかしましたか」

『たった今……アベルが何者かに誘拐《ゆうかい》されました』

その言葉を聞くや否《いな》や、私の身体は動いていた。

「失礼！」

無礼を承知で一言だけ挨拶《あいさつ》して、工房を飛び出す。

「場所はどこですか」

『王宮の庭園の端、エーリカの工房がある地点よりも手前の芝生地帯です』

なぜそんなに開けた場所でアベル様が誘拐されるだなんてことが起きるのか。警備兵は何をしていた？　そんな疑問が膨《ふく》らむが、今は〝原因〟を訊《き》くことは重要ではない。

私は全力で駆け、リュージュ様から伝えられた場所に到着した。

そこには、不自然な煙が立っていた。おそらく、煙幕を用いたのだろう。

地面に這《は》いつくばり、芝生の凹凸《でこぼこ》を見る。目を凝《こ》らすと、足跡が残っているのが見えた。

足跡から察するに、犯人は二人。どちらも……おそらくピンヒールのついたサンダルのような靴を履《は》いている、女性だ。脚《あし》のサイズからして、男性が足跡をごまかすために履いた、というような線は考えられない。あまりに小さい。

脚のサイズから、体格も大体想像できるが……アベル様よりもだいぶ小さい二人組のように感じられる。辺りに血痕《けっこん》は見受けられない。

「女子供二人に……誘拐された……？」

いくらアベル様が前衛《ぜんえい》戦士でないといえ、そんな体格の女性に、力で負けるはずはないと思った。そうなると……眠らされたか、麻痺《まひ》させられたか……最悪の場合、毒を飲まされたか。

いずれにせよ……黙って見過ごすわけにはいかなかった。煙幕の残り具合からして、まだそう遠くへは逃げていないはずだ。

私は勢いをつけるように駆け、王宮の高い塀《へい》をよじ登り、乗り越える。

そして、伝達石へ、通信を入れた。

「追跡します。見つけ次第《しだい》……必ず連れ戻します」

『ちょっ……独断専行は許しません。待ちなさ――』

私は通信を切り、駆け出す。

……守ると決めたはずだったのに、こんなにもすぐに、危険な目に遭《あ》わせてしまった。やはり、王宮内が絶対に安全だなんて保障はどこにもなかったのだ。目を覚ました彼に付き添っていなかった自分を責める。

しかし……今やらなければならないのは、悔《く》いることでも反省することでもない。彼を無事に取り戻すことだ。

私は駆けながら頭脳を高速で回転させ、逃亡する誘拐犯を追うための策を練り始める。

必ず、助けます。だから……無事でいてください、ご主人様。

「まんまとやられて帰ってきたということかッ!!」

　玉座《ぎょくざ》の間《ま》にて、私は、『戦士アギト』からの糾弾《きゅうだん》を受けていた。

　彼女のつやつやとした黒色の肌《はだ》と、美しく鍛《きた》え上げられた筋肉は好ましく思っているが、すぐに怒鳴り声をあげるところはいただけない。

　私は笑顔で答える。

「いやぁ、これがなかなか強敵でして。私の触手《しょくしゅ》がスパスパ斬《き》られてしまったものですからぁ」

「サキュバス四十八手の皇子《おうじ》を捕縛《ほばく》もしくは殺害するのが貴様の仕事だったはずだ!!」

「ええ、ええ、もちろんわかっておりますよ？　しかしその〝仕事〟に前のめりになりすぎて私が死んでしまったら元も子もないではありませんか」

「貴様……命を惜《お》しんで逃げ帰ってくるなど――」

「そのくらいにしておけ、アギト」

　そろそろ止めに入ってくれないかなぁ～、と思っていたタイミングで、玉座に座るセツナ様がアギトを制止してくれる。大変、ありがたい。

アギトは「はっ」と頭を下げて口を噤《つぐ》む。

セツナ様は数秒間、私の顔をじっ、と見つめた。威厳《いげん》がありつつ、美しいお顔。私も思わず見つめ返してしまう。

「ニャルラが苦戦するとは、ただごとではないな。それほど強かったのか、件《くだん》の聖魔術師は」

セツナ様が私に問うた。私は、にこりと笑って、返す。

「いえ、彼自身は、そこまで強くはありませんでした」

半分、本当。半分、嘘《うそ》。全部嘘でないのなら、報告としては及第点《きゆうだいてん》でしょう。

「ほう……では、なぜ？」

なぜ、負けて帰ってきたのか。セツナ様はそう問われる。

「彼のボディガード、といいますか、メイド、といいますか……まあとにかく、彼を守っている剣士がなかなかに強敵でして。私と相性の悪い『呪《まじな》い憑《つ》き』を所持《しよじ》していたのです」

これも、本当。あわよくば殺してやろうと機会を作ったが、彼女は本能的な部分でそれを察して、私の間合いに入らなかった。あれはかなり〝やれる〟剣士だった。

「ニャルラと相性の悪い呪い憑き……〝概念をも斬《き》る〟といった具合だろうか？」

さすが、理解が早い。私はおもむろに頷《うなず》いてみせる。

「おっしゃる通りです。久しぶりに私の触手を『ない状態』にされて少々焦《あせ》ってしまいまして」

「よくぞ生きて帰った。今ニャルラを失うわけにはいかない。貴様の判断を私は責めない」

「もったいなきお言葉」

私が深くお辞儀《じぎ》をすると、セツナ様は先ほどまでと打って変わって、冷たい声を出す。

「しかし、敵の手の内を知ったのだ。〝次〟は必ず……成功させてくれるな？」

私は頭を下げたまま……誰にも見られぬように口角を上げる。さすが〝魔王〟……こういう時の威圧《いあつ》感は、私でもひるんでしまうほどだった。

「もちろん。次こそは、必ず」

私がはっきりとそう答えるのを聞いて、セツナ様は満足したように頷いた。

「そうか、期待している。では、下がれ」

「はっ」

私は再び頭を下げ、玉座の間を出るべく歩き出す。

こうも短い時間で何度も何度も頭を下げると、首の後ろ辺《あた》りが、ちょっぴり痛む。

玉座の間を出、扉を閉めると、中から「魔王様！　いいのですか、あのような――」とアギトが声を荒らげるのが聞こえた。どうにも、私は彼女に嫌われているようだ。

「うーん……！　……はぁ！」

肩の凝《こ》るような言い訳アンド謝罪タイムを終えて、私は気持ちよく背伸びをした。

私は魔王城の長い廊下を歩き、目的の部屋へ向かう……のが面倒《めんどう》くさくなり、右手の指を鳴らす。

　すると、目的の部屋に私は〝いた〟。

「おかえり、ニャルラ」

「ただいま戻りました……小豆様《あずき》」

　小豆様はいつものように……何やらピカピカと光る板の前で、〝こんとろーらー〟なる珍妙《ちんみょう》な器具を握って、板に映った人物を操作して遊んでいる。なにやらあれは彼女にとっては馴染《なじ》み深いゲームなのだというが、私にはさっぱりわからない。トランプやチェスなら、私も多少は相手になれるのに。

「なんでセツナに報告しなかったの？」

　板の方を向いたまま、小豆様は私に訊《き》いた。

「また盗み聞きですか」

「だってニャルラが怒られてるとこ見るの面白《おもしろ》いんだもん。で？　なんで報告しなかったの」

　彼女が何を指して「報告していない」と言っているのか、私はわかっている。しかし、私はあえて誤魔化《ごまか》す。

「何をでしょうか？」

「四十八手の皇子《おうじ》が、すでに〝神性もどき〟を有していたことだよ」

「……さあ、なぜでしょう。なんとなく、今報告すべきではないと思いまして」

「あ、はぐらかした〜。私にも教えたくないってわけ？」

小豆様は〝こんとろーらー〟を机の上に置いてから、座っていた椅子《いす》をくるりと回して私の方へ向き直る。そして、小鳥のように首を傾《かし》げた。

「そんなに気に入った？　今回の皇子のこと」

まっすぐ問われて、私は答えに詰まる。こうして答えに詰まってしまった時は、素直に答えるほかない。

「返事に困る質問ですね」

「お〜珍《めずら》しく素直」

小豆様は楽しそうに笑った。そして、続きを促《うなが》すように、上目遣《うわめづか》いで私を見る。私は、彼女のその顔に弱い。

「……今までとは違うことが、起こりそうな予感がするのです」

私が渋々《しぶしぶ》、そう答えるのに、小豆様はにまにまと口角を上げる。

「ふーん。で、ニャルラはそれが見たいんだね？」

「……」

私があえて沈黙すると、小豆様はスッと鼻を鳴らして、椅子から立ち上がる。

「ま！　なんにしてもやることは変わらない。『観察』して『対処』するのが私の仕事だからね〜」

彼女はのんびりとした歩調で傍《そば》までやってきて、私の肩にぽん、と手を置いた。

「いつも通り手伝ってくれるなら、細かいことまでガミガミ言わないよぉ～」

「……ありがたいことです」

「んふふ」

小豆様は満足げに鼻の奥で笑って、「トイレトイレ～」と言いながら、部屋の中にある小さなドアの中へ入ってゆく。

……彼女の言ったことは、的確に私の感情を言い表していた。

見たい。彼の行く先を。

どのみち、あの儀式の先には煉獄《れんごく》が待っている。それは変わらない。

しかし……彼がその〝煉獄〟に立ち至《いた》った時、どのように選択し、どのように進もうとするのか……それが見たくてたまらないのだ。

それに……巫女《みこ》の方も、見どころを感じた。

「純粋で我が儘《まま》な皇子、そして龍と心を通わせる巫女……これは、面白くなりますよぉ」

私は一人、小さく呟《つぶや》いて。尻《しり》の上に生《は》える触手は、私の期待を体現するように、ぬらぬらとひとりでに揺れた。

「おー、これが霧《きり》の宝玉《ほうぎょく》！　……なんか、思ったより地味だな」

「霧を発生させる以外に効果はないし……値段の割に使い道はない宝玉だよ」

「高く売れるならそれはそれでヨシ！　次はもっとレアなものを盗むだけだ！」

ぼんやりとした意識の中で、子供のような声が聞こえてくる。

意識がはっきりしてくるにつれて、自分の身体が小刻《こきざ》みに揺れていることに、俺は気がつく。

がたんごとん、という音と、振動。

なんだ……？　どこだ、ここ。

完全に目が覚め、身体《からだ》を起こそうとすると……上手《うま》くいかない。手足が、縄《なわ》で縛《しば》られている。

そして、なんだか豪華《ごうか》な装飾のされたソファの上で横になっていた。

「なっ!?　えっ!?」

縛られていることに気づいた瞬間、俺はわかりやすく動揺した。大きな声を出してしまう。

「お～、起きたか！」

可愛《かわい》らしい女の子の声が聞こえて、視線をそちらへ向けると……。

〝窓際〟に、『バニーガール』の格好《かっこう》をした小さな女の子が二人、向かい合って座っていた。

急激に、記憶がよみがえってゆく感覚があった。王宮の庭園で月刊極楽天《ごくらくてん》を見つけて、それを拾おうとしたら電気が流れて、俺はそのまま痙攣《けいれん》して……そして、最後に、バニーガールを見た。あれ……夢じゃなかったのか……!?

何もかもが驚きだったが……俺が一番驚いたのは、〝窓の外〟だった。

窓の向こうの景色が、高速で右から左へと流れている。

「こ……ここどこだ!?」

俺が叫ぶと、黒い色のバニー服を着た少女がにやりと笑って、言った。

「喜べ、お前が寝てる間に『オリュンピア・エクスプレス』に乗せてやった！　豪華な大陸横断鉄道での優雅《ゆうが》な旅！　ワクワクするだろう！」

歌劇じみた動きで、両手をバッ！　と広げてみせる黒バニーの少女。本人はウキウキのようだったが……俺はといえば、全身の血の気が引いていた。

「スズカ……す、スズカはどうした!!」

「スズカぁ？　……あ～、あの赤髪のエロ女か。あいつは連れてきてないぞ」

「な、なんで俺だけ……お、降ろせ、今すぐ降ろせ!!」

俺が縛られたままじたばたと暴れるのを見て、黒バニーの少女は呆《あき》れたように笑う。

「おいおい、窓の外をちゃんと見ろよ。こんなトップスピードの列車から飛び降りたら死ぬぞお？」

「じゃあ、次の駅で降ろしてくれ!!」

俺が切実に頼むと、黒バニーの少女は怪訝《けげん》そうに俺をじっと見る。それから、窓際でずっとおとなしく座っていた白バニーの少女の方を向いて、言った。

「んー……ロッティ、どうやらこいつ状況がわかってないみたいだから、教えてやれ」

「わかった、お姉ちゃん」

白バニーの少女は首を縦《たて》に振るや否《いな》や、どこからともなくナイフを取り出して、俺の首筋に当てた。

「ひっ!!」

「いい？　よく聞いて」

「は、はい……殺さないで……」

「あなたの持っていた霧の宝玉が欲しいの。その石はとっても高く売れるから。でもあなた、どうやら国策に関《かか》わっているようだから、これから私たちは国に追われてしまう可能性がある」

「ワハハ！　ワクワクするなぁ!!」

「だから、あなたは私たちが逃げるまでの人質。おとなしくしててくれたら悪いようにはしない。……わかった？」

ぐっ、とナイフを首に刺さりそうな距離にまで近づけられて、俺は慌《あわ》てて、こくこくと頷く。

「はい……！　殺さないで……！」

「……殺さないよ」

白バニーの女の子はナイフをしまってから、何故《なぜ》か俺の頭を何度か撫《な》でた。

「ワハハ！　言ったろ、大人しくしてれば、悪いようにはしない！　あ、腹減ってるか？　サンドイッチ食べる？　美味《うま》いぞ～」

「いや、要《い》らなモガァ！」

口にサンドイッチを詰め込まれる。

一生懸命サンドイッチを咀嚼《そしやく》しながら、俺は目を回していた。

俺が、人質……？　霧の宝玉を、売ろうとしてる……？　そして、ここは……大陸横断特急『オリュンピア・エクスプレス』……!?

そのすべてが、サキュバス四十八手の進行を詰ませてしまう、致命的な問題だった。

どうして、急に、こんなことになってしまったんだ。

俺は……エロ漫画を拾っただけなのに……!!

あとがき

はじめまして。しめさばと申します。

細々とネットで物書きをしていた者です。『サキュバス四十八手』も二巻目となりました。相変わらず楽しく書かせていただいております。

当作品の主人公のアベルは、一般的な『巨乳』と呼ばれる大きな乳をさらに超えた、『とんでもなくでけぇ乳』が好きなキャラクターです。単純でありつつ奥深い彼を書くのは私もとても楽しいのですが、そんな『でけぇ乳が好きなアベル』を書いている途中で、ふと気になったことがありました。

それは、私自身が、ヒトの身体《からだ》のどの部位が好きなのだろうか、ということです。実を言うと今までそれをあまりきちんと考えたことがありませんでした。

いろいろ考えた結果、私はヒトの『手指』が好きだということに気がつきました。俗《ぞく》にいう『手フェチ』というやつです。スラッとした手指をしている人を見ると、憧《あこが》れてしまいます。

かくいう私の手指は、学生時代に意味もなく指の関節をパキパキと鳴らしてしまったせいで関節がポコッと膨《ふく》らんでしまっており、あまり綺麗《きれい》ではありません。

もしまだお若い方がこの本を読んでいたら、どうか、指の関節は鳴らさないでください。将来のあなたの手指の美しさを守るために。

さて、ここからは謝辞《しやじ》になります。

私の不調にも理解を示してくださり、スケジュールを調整してくださったK原編集、ありがとうございました。次こそは完璧《かんぺき》な進行で行くぞ……の気持ちです。頑張ります。

次に、今回も素晴らしいイラストを描《か》き起こしてくださったてつぶた先生、ありがとうございました。意欲的に差分《さぶん》などもご提示いただき、そのどちらも捨てがたいため、いつも悩みすぎて頭を抱えてしまいます。嬉《うれ》しい悲鳴です。

そして、この本の出版にかかわってくださったすべての方々に、心よりお礼を申し上げます。ありがとうございました。

最後に、このシリーズの二冊目を手に取ってくださった読者の皆様、ありがとうございます。どんどん加速する〝四十八手〟をこれからもよろしくお願いいたします。

また皆様と私の書いた物語が巡《めぐ》り合うことのできるようにと願いながら、あとがきを終わらせていただきます。

しめさば

ダッシュエックス文庫

サキュバス四十八手2

しめさば

2024年4月30日　第1刷発行

★定価はカバーに表示してあります

発行者　瓶子吉久
発行所　株式会社　集英社
〒101−8050　東京都千代田区一ツ橋2−5−10
03(3230)6229(編集)
03(3230)6393(販売／書店専用) 03(3230)6080(読者係)
印刷所　TOPPAN株式会社
編集協力　梶原 亨

ISBN978-4-08-631545-6 C0193